不同的命運

陳瀅 著

目次

上卷　新聊齋

下卷 新傳說

上巻　新聊齋

不同的命運

從前，在中原發生了這樣一個故事：

一天傍晚，「君再來」酒樓來了兩位風度翩翩的公子，身穿白色長衫的叫白松林，而穿紅色長衫的是洪千旬。兩人被店家恭敬的請上了二樓包廂，點了幾盤下酒的菜肴，要了上好的杜康酒，兩人邊吃邊喝，不知不覺喝光了五斤白酒。

這時，洪千旬說：「白兄，差不多了。我們回了吧。」

白松林說：「不忙，再來一斤吧，時間還早吶，這酒太好了。」

洪千旬也沒有再說什麼，其實他也沒喝夠。於是又要了一斤杜康，喝好之後付了帳就出了酒樓，這時，兩個人的腳步都有一點歪了。

洪千旬一邊跌跌撞撞地走著，一邊說：「白兄，我喝多了，要趕緊進山了，不然我怕堅持不住了。」

白松林連連點頭：「是呀，洪兄，我也好像過量了，我們抓緊進山吧。」

兩人的家在東西兩處，於是就分頭走了。

可是沒走多遠，白松林倒在了路邊，剛一倒下就顯了原形，原來他竟是一隻狐狸，這酒喝得實在太多了，顯了原形他還不知道，竟倒在路邊鼾聲如雷地睡著了。這時，長工陳村替東家辦事路過這裡，正好看得真切，眼瞅著一個人倒下，接著變成了狐狸，他一看就明白了，便走上前去抱起了酒味撲鼻的狐狸回了家。這當兒，眼看天要黑了，陳村先把狐狸安置在自家的茅草房裡，還把自己的被子給狐狸蓋上。

看著狐狸的這副醉態，陳村嘀咕道：「你看你，怎麼貪杯了？都能變成人形了，你得修煉多少年、受多少苦呀，為什麼不知道珍惜？要是被誰傷害了你的性命豈不可惜？你就在我這睡吧，我這沒別人，不會有人來打攪的。我還要去東家那兒，很晚才能回來。這是水，放在你的身邊了，喝酒了，嘴會乾的，醒來時你喝口水再走。下次可千萬別貪杯了。」陳村說著放好了水碗，帶上門走了。

白松林酒醉心沒醉，陳村的話他全聽見了，心裡十分感激。

但是，洪千旬就沒有幸運了，他和白松林分手後，跌跌撞撞地進了山。可是來到山裡，他支撐不住了，立刻在山坡前顯了原形，變成了一隻通紅通紅的火狐狸，這眼睛一眨的事，被上山砍柴的劉書富看到了，他剛才還在尋思：這位公子哥天都快黑了，還急匆匆進山幹什麼？正這麼想著，忽然見到那人倒下了，並且顯出了狐狸的原形，劉書富這下可高興了，送上門的好事呀！火狐狸是多少獵人打獵時夢寐以求的，可是誰打到了呢？只有我，運氣好，白撿一隻火狐狸。牠的皮毛可值錢了，我這一個冬天不用砍柴了。老婆兒孫都會過上好日子啦！

劉書富背著火狐狸下了山，回到家裡剁了

狐狸的皮，燒了狐狸的肉，把住在西下屋的閨女一家三口也叫來了，一家人美美地吃了一頓狐狸肉。

劉書富十六歲的孫子說：「爺爺真厲害，打到火狐狸了。」

八歲的外孫吃著狐狸肉說：「姥爺，明天我也和你去山裡，再打一隻狐狸，這肉真好吃！」

你瞧，洪千旬的命運真夠慘的，可白松林的命運就不同了，到了亥時，陳村回來，點上油燈一看。咦，那狐狸還在！陳村沒辦法，只得靠在狐狸的邊上合衣躺下了，一邊嘴裡嘀咕著：「我不是有意冒犯你，我太窮了，只有這一床被子，你就將就一下，我們蓋一條被子吧！」就這樣，陳村叨叨咕咕地躺下了。

第二天，陳村起來一看，狐狸不見了，那碗水也喝完了。他知道狐狸酒醒後走了。

轉眼二個月過去了，這件事就這樣漸漸地被陳村淡忘了。這年農曆十二月十六，陳村剛起來，忽然聽到有人敲門，他有點納悶：這麼早會是誰呢？再說了，到我這來叫我的，都是推門就進來的，哪裡還會有人文質彬彬地敲門呢？陳村打開門一看，是一個穿著白衣衫的風度翩翩的公子。陳村不認識，估摸著是誰找錯門了。

這時，那位公子深深鞠了一躬，說：「恩公在上，白松林有禮了！」

陳村一臉疑惑，問：「誰是恩公？請裡邊說話吧！」

白松林走進屋來，把自己的身世如實相告，說他是修煉了一千三百多年才修煉成人形的狐狸，那天因貪杯才顯出了原形，酒醒後因為掛念一起喝酒的兄長，才不辭而別。陳村這才明白，並問他的兄長可好，這一問，白松林的淚水就流下來了，他哽咽著把洪千旬醉倒後被劉書富擒獲而身遭不幸的事說了一遍，說完，兩人長吁短歎，萬分感慨。

白松林抹了抹淚，說：「好了，恩公，你別難過了，說點高興的吧，我今天是來接你的。」

陳村不明白了，問：「接我幹什麼？把我接到哪去？」

白松林笑了笑：「恩公，我接你去你的新家，馬車就在外等著呢，你東家那裡我已經說好了。收拾一下我們走吧。」

陳村就像在夢裡一樣，聽憑白松林擺佈，再說他的東西也挺簡單，不用怎麼收拾。他隨著白松林上了馬車，一個時辰後就來到了一座大院的門外，那大院有幾十間房子呢，高高的門楣上寫著「陳宅」兩個鎦金大字，這會兒早有人在那兒迎接了，一見馬車來了，便一擁而上，攙扶陳村下車，口稱「老爺」，陳村只有二十多歲，哪裡受過這等待遇，一時手足無措，稀裡糊塗。

白松林陪著陳村一邊走，一邊說：「恩公，這就是你的新家，這些人都是你的僕人。放心，他們都是我從附近找來的，確實是人。這兩個月裡，我就是在給你置地、造房、雇人。你的高堂和弟弟妹妹我已經派人去接了，我還給恩公說了一門親事，再過六天就成親，是你那位東家的二小姐，正是二九年華。」

面對這突如其來的一件件好事，陳村不知如何是好。這時白松林又說話了：「大家都過來，這就是你們的老爺！」話音剛落，「呼啦啦」，男女傭人十幾號，一起上來拜見行禮。

就這樣，陳村告別了長工生涯，一步登天做起了老爺，還美美地成了親，原來的東家就成了岳父。父母弟妹也都接來了，一家人歡歡喜喜地大團圓。白松林為陳村安排好了一切，這才拜別恩公，繼續潛心修煉去了。

回頭再說劉書富。這一年的三月，劉書富的孫子定好親，過了禮，看好了結婚的日子，不料就在定親的第二天，他的孫子突然暴病身亡。不出兩個月，劉書富的兒子媳婦孫兒孫女死得一個不剩，就連嫁出門的女兒和外孫也都不明不白地相繼離開了人世。

這一天，劉書富借酒澆愁，喝得醉醺醺的，他站在冷冷清清的院子裡，望著蒼天自言自語：「我劉書富做了什麼孽，為什麼要我家破人亡？」

醉意朦朧之間，只見一個人影恍恍惚惚地站在眼前，那人滿身血跡，伸出了尖尖的十指直逼劉書富：「劉書富，拿命來！」

劉書富嚇得魂飛魄散，連聲爭辯說：「我沒害你性命，你是誰？」

這人又說了：「一年前，我喝醉了酒，睡在山裡，你把我背回家害了我的性命，我今天是來討命的！」說著那人就撲了上來。

劉書富一聽全明白了，他雙眼一閉，在那兒等死了。過了片刻，劉書富忽然聽對方說道：「算了，我就留你一條性命吧，你一家九口已經替你抵償了罪孽。如今你落了個家破人亡，這是報應！」說罷，那人飄然遠去。

劉書富醒來之後，這才明白了一家人因何而死，他放了一把火燒掉了整個家業，出家當和尚去了……

孽子的「謎語」

在松遼平原上，有一個李家村。村東有一個年輕人李慶祥，人長得風流瀟灑又聰明。十四、五歲就跟他爹走南闖北，經商做生意。家裡條件好，十七歲經人介紹，和前村劉家屯的劉百萬獨生女劉鳳蘭結為百年之好。

順治十四年，三十二歲的李慶祥，已經是五個女兒的父親了。妻子劉鳳蘭溫柔賢慧，雖然李慶祥經常出門在外，但家裡總是被打理的井井有條。這時候，劉鳳蘭又懷六甲。

一天晚上，李慶祥對妻子說：「鳳蘭吶，等過了五月節，我和范永良去趟蘇州，販點木材。」

劉鳳蘭說：「這兵荒馬亂的，去這麼遠的地方？咱們家的家產，就是三代也吃不完，還那麼辛苦幹什麼。」

「等跑完了這趟，就不幹了，在家抱兒子了。」李慶祥笑著，輕輕拍了下鳳蘭的肚皮。

「看你說的，好像真是兒子是的。」鳳蘭靠在丈夫的肩膀上笑道。

李慶祥摟著妻子道：「我感覺，這次肯定是兒子。等我回來，兒子也出世了。咱們一家一起過中秋。」

北方有句俗語：「三六九往外走，二五八要回家。」五月初六，李慶祥出發了。鳳蘭千叮嚀萬囑咐：「第一次去江南千萬小心，早日平安回家。」

時光匆匆，一晃已是八月十二，李慶祥回來了。一進院看見家裡掛著窗簾，他就知道鳳蘭生了。在院子裡掃地的女傭劉媽，看見李慶祥回來了趕緊迎上去說：「老爺回來了，恭喜老爺，太太生了，是個少爺，都十八天了，白白胖胖的。」

李慶祥趕緊三步並做兩步衝進屋裡，拉開幔帳，迫不及待地看著這盼了多年的兒子。「慢點，有風。」躺在床上的鳳蘭說著趕緊用手擋在孩子的頭上。

「看我，想兒子都快想瘋了，一下子都忘了……」李慶祥欣喜不已地說道。

這時，出生才十八天的小孩竟然笑出了聲。「這孩子會笑，還笑出聲了！」夫妻倆驚奇地異口同聲道。

「可能兒子看你平安回來，高興的。」鳳蘭的話還沒說完，小孩又笑出了聲。

李慶祥起身道：「鳳蘭，我得去趟范家，把永良的東西送去，永良留在了南方。」

「咋的出事了？」鳳蘭睜大雙眼驚訝地問道。

李慶祥歎了一聲：「是啊，去的路上，在長江口遇到了強盜，這次是血本無歸，還賠上范永良的性命。當時我中了一刀掉進江裡，等我醒來已是第二天早上了。我是被一個漁夫救起的，好心的漁夫收留了我，並在他的魚船上養好了傷。可范永良卻身首異處，怪可憐的。多虧在平時身上總是帶著幾十兩銀子，這才有盤纏回來。」

這時嬰兒又笑出了聲。

李慶祥給孩子起了個名，大名叫李長生，小名叫狗崽。

就在這天的晚上，一向很乖的小孩卻哭個不停。鳳蘭怎麼抱也不行，疑惑道：「這孩子是不是病了，他晚上從來都不哭，找個大夫看看吧！」

「我來抱抱……」李慶祥趕緊起來抱起孩子。說來也怪，抱起他就不哭，放下就哭。他的媽媽抱也哭，只有他爹抱他才睡。就這樣，年復一年。長生到了三歲的時候只是抱著不行了，他還要伸著小手打他爹的臉，不讓打就哭個不停。

李慶祥剛開始覺得沒什麼，可是日子長了就煩惱、傷心了。兒子一天天長大，力氣也一天天大起來。李慶祥的臉，每天都被打得新傷接舊傷。雖然，長生對他媽媽孝敬，但是，天天打他爹，已遠近聞名，人們皆稱他為「孽子」。所以直到二十來歲時，連個說媒的都沒有。

就在長生二十歲生日這天，長生打完他爹剛要回自己的房間時，李慶祥突然叫住他說：「長生，我日盼夜盼，可下把你盼來了，我有兒子了，別提我有多高興。我每天把你頂在頭上怕嚇著，含在嘴裡怕化了，可是你為什麼天天打我？我都五十多歲的人了，能經得起你這大小夥子打？這是為什麼？」

李慶祥老淚縱橫地望著兒子。鳳蘭也在邊上抹著眼淚。

長生盯著父親說：「二十年前江水流，一個鯰魚兩個頭，冤報冤來仇報仇。」長生說完這句話後，竟然倒地死了。

鳳蘭瘋了一般，撲過去抱著兒子，哭著、搖著。

李慶祥恍然大悟般地驚醒過來：「這真是天作孽猶可違，自作孽不可活。鳳蘭，都是我的錯、我的罪孽……」

「你還記得范永良嗎？其實……那次我們販木材，到了蘇州就出手了，賣了個好價錢，賺了很多，於是我就見利忘義，起了歹心。當船快行到長江口時，江面上風平浪靜，來往船隻不是很多。我指著江面對范永良說兄弟快看——那有個鯰魚長兩個頭，范永良信以為真，趴在船邊往外看。我順勢把他推進江裡。范永良在長江裡掙扎了幾下，就淹沒不見了。後來，我怕別人懷疑，上岸後到了客棧，我把自己砍傷了。療養了近一個月才回來……作孽呀作孽……！我回家一見到兒子，就什麼都忘記了。誰想到范永良托生做了我們的兒子。這真是報應啊，天哪！」

「你……你……」聽了丈夫的話，鳳蘭一句話也沒等說出來，就昏倒在長生的身邊，再也沒有醒過來。

黃鼠狼結婚

在燕山腳下有一個張家莊，莊上有個張萬年，燒得一手好菜。他的兒子張春生從小跟著他，所以廚藝也十分了得。因此，這父子倆就成了這一帶紅白喜事廚子的搶手人選。漸漸地，父子倆被稱為「燕山名廚」。他們出場的酬金雖然極高，可是生意日益紅火。

張萬年有三房姨太，可他還不滿足，經常花街柳巷地忙忙碌碌。有其父必有其子。張春生二十有五，娶了個賢慧的妻子，已是兩個孩子的爹了。他也遺傳了他爹好色的本性。所以父子倆都有一個綽號，做父親的喚作「花街大王」，兒子被稱為「柳巷太保」。

這一天，張家來了個姓黃名常山的老人，因為黃家要辦喜事，特來邀請張家父子下廚獻藝，留下豐厚的酬金，並說好了明天來接。

第二天辰時剛過，兩輛轎車和一輛馬車來到張家的大院前。那時侯的北方一般都是馬車轎子。夥計把一筐筐的廚房用具和碗筷盤盞搬上馬車，父子倆也上了轎車出發了。巳時剛過，車子便停在了一座青磚灰瓦的大院前。

好氣派的人家，前後兩進十幾間房子，東西廂房十幾間。高高的門樓上掛著兩隻大紅燈籠，門上貼著大紅喜字，一派喜氣洋洋的氣氛。黃常山老漢已迎在門外，笑著說：「張師傅辛苦了……」

張萬年說：「不辛苦，黃老爺客氣了！」

寒暄幾句後，父子倆走進裡屋，開始準備喜宴酒席，午飯過後無話。

第二天，張家父子卯時起床，早飯過後就開工了，幫手早就把菜肴準備好了。午時整，只聽得吹吹打打的聲音，送親的隊伍來了，拜過天地拜祖宗，大概午時三刻開席了。十二個盤子十二個碗的酒席，早就準備好了，只要幫工的送往酒桌就行了。客氣異常的黃常山老漢，一定要張家父子一起用餐。

席間，黃老漢介紹說：「這是犬子森林，媳婦山妹。」又介紹兩個千嬌百媚的女兒：「長女小玲，次女小華，賤內——你們認識的。」一席中，姐妹倆向這張家父子擠眉弄眼的，父子倆也猥瑣地各自捏一下身邊的可心人兒。介紹完之後，新郎敬酒，酒席正式開始。黃常山忙著招呼其他客人，森林和山妹也去給其他客人斟酒了。開懷暢飲的張萬年和小玲眉來眼去的，心裡好像小貓撓心般地盼著天黑，再續未了情。張春生和小華你捏我一下，我還他一把。老夫人只是看著竊笑。

熱鬧的酒席間，不管是文質彬彬的黃家父子，還是羞答答的新娘子、高貴的老夫人、風情萬種的姐妹倆，對著美酒佳餚，如同狼吞虎嚥，其他赴宴的客人也是如此。

作為廚師的張家父子，山珍海味吃得多了，儘管佳人作伴，心情舒暢，但還是慢條斯理地抿酒吃菜。

酒過三巡，酒席中的主人和客人搖晃起來，搖頭晃腦的表情極為滑稽。當張萬年一抬頭，見有的客人手上臉上竟露出了白骨，有的露出了白毛黑毛。張萬年驚得差點背過氣去，他揉了揉眼睛仔細看看，越看越驚恐，一收眼看見身邊的兩個美女，光滑的臉蛋上竟然露出了骯髒的黃毛。張萬年駭然地用腳踢了兒子一下，示意趕緊走人，那春生也看到了同樣駭人的景象，與父親疾速站起起身子，剛要開走，只聽到嘩啦啦一聲，酒席上的客人們，居然都變成了一堆堆白骨。

驟然間，父子倆雙雙驚死過去。

不知過了多久，張春生甦醒過來，趕緊搖醒了父親。呈現在他們眼前的是一塊塊棺材板，擺放著他們親手烹飪的菜肴，還有東倒西歪的酒杯、碗筷。再看那一堆堆白骨，全是死去的黃鼠狼、狐狸。

張家父子面前的棺材板最大，邊上有六隻黃鼠狼的白骨。其中一具白骨身上斜披著一塊紅布，一具白骨脖子上掛著大紅花。有一具白骨前爪上套著昨晚張萬年送給小玲的玉鐲，還有一具白骨前爪上戴著春生贈給小華的戒指。

這哪裡有什麼房子，分明是一個大墳場。

喜字帖在棺材板上，邊上還有兩隻大紅燈籠……

父子倆的第一本能，便是拔腿就跑，摔倒了就爬，從申時跑到子時才到了家，叫開門後就癱倒在地了。

半個月後，張家聽說在離他家僅五里路遠的地方，有人在一個無主的大墳場上，看到了許許多多的廚具用品，還有亂七八糟的碗筷盤盞……

從此，張家父子再也不接宴席，「燕山名廚」退出江湖。

劊子手趙年五遇鬼記

乾隆十五年，昌黎縣衙的劊子手趙年五正值三十九歲。趙年五是個一米七、八身材的魁梧漢子，皮膚微黑，圓臉，一雙小眼睛略微有點三角。他這人總是很冷靜，無論遇到什麼事，都不會太過慌張。如果遇上非常可怕的事情，他也只是略微提一下三角眼，旁人絕對看不出他內心的驚濤駭浪。

這一年的秋天，趙年五受命處斬死刑犯張忠限。臨刑前，趙年五對張忠限說：「這是我最後一次出差了，把你的事一了，就金盆洗手啦。上了年紀，力不從心了。」

斬決張忠限這天是八月十七，官衙在菜市場門口搭起了行刑台，因為張忠限就是在這菜市場行兇殺人的。看熱鬧的人從四面八方匯集而來，把維持秩序的衙役擠得站立不穩。

這張忠限，其實本性不壞，只是有點莽撞，愛打抱不平，所以惹來了殺身之禍。

那是三個月前，張忠限到集市去給生病的母親買點肉，想讓媳婦給老娘包點餃子。當他來到菜市場的肉攤上時，只見一個小偷把手伸向一個老頭的錢袋，屠夫卻在竭力和老頭打著哈哈，用眼神和小偷交流著。原來小偷和屠夫是一夥的。張忠限頓時火從心起，吼道：「你他媽的真缺德，合夥偷竊一個老人，真是可惡。」他話到手到，左手抓住小偷，隨後右手就是一拳。屠夫一見同夥吃虧了，趕緊跳出來幫忙。兩個人打一個，張忠限肯定吃虧了，他被打倒在肉攤上。在身子往下倒時，張忠限的右手本能地往後一支，正好抓到了斬肉的刀子。在屠夫和小偷又撲上來時，張忠限回手就是一刀，屠夫的半個腦袋沒了，屍體撲通倒地。一不做二不休，張忠限又是手起刀落，小偷也當場喪命。就這樣，張忠限把自己送上了斷頭臺。

午時一到，趙年五拔掉張忠限後背的亡命招牌，說道：「兄弟，不要怪我，雖然你是打抱不平惹了殺身之禍，可是殺人償命，我只是執行公務。兄弟來生可別管閒事了。上路吧，我給你個痛快的。」話畢，趙年五手起刀落，張忠限的人頭落地，一腔血箭一般噴射出來，看熱鬧的人發出了尖叫聲。

然而，奇怪的事情發生了。一轉眼的工夫，人們看見張忠限那直挺挺的沒有頭顱的屍體晃悠悠的起來了。「啊！腦袋又長出來了！」人群騷動了。

張忠限笑眯眯地向趙年五點了點頭，然後邁動腳步向南走去，目瞪口呆的人們自動給讓開了一條路，衙役們也如木偶一般一動也不動。

人們看著張忠限走出了人群，飄向了空中。

趙年五手提著屠刀，呆呆地站在原地，三角眼不經意地往上挑了一下。

人們回過神來再看刑場時，只見張忠限那無頭屍體還停放在刑場。他的家人哭哭啼啼撿起了他那顆滾在一邊的頭顱，把屍體抬走了。

故作鎮靜的趙年五交了差回到家中，張

忠限那晃晃悠悠起立的姿勢，向他點頭微笑的模樣始終歷歷在目，他整天心驚肉跳，惶惶終日。

日子就在惶恐中度過，一年過去了，沒有什麼事情發生，兩年過去了，還是沒事。漸漸地，趙年五總算把這件恐怖的事兒淡忘了。

乾隆十九年的中秋節。趙年五早上起來，買了一些過節的食肴之後，就抱著兩歲的孫子在院子的籐椅上抽著煙袋。這時，聽得有人敲門，趙年五便起身打開了大門。

只見一個三十多歲衣著講究的人，提著禮盒滿面笑容地出現在眼前。趙年五一下子想不起來這是誰，似乎在哪兒見過，怎麼這麼眼熟？不容多想，來人已隨趙年五進了屋子。

趙年五讓來人上了炕，又招呼兒媳婦給泡好了茶。

這時，來人說道：「趙大叔，我今天是專程來謝您的。這是千兩銀票，是我感謝您救命之恩的薄禮。」他從馬褂裡拿出一打銀票遞了過來。

趙年五趕緊推辭道：「使不得、使不得……這救命之恩從何說起？我一生殺人為生，還沒救過人呢。」

「趙大叔，您可能不記得了。」來人笑道：「我就是張忠限呀，四年前，我犯了死罪，定在秋後問斬。八月十七在菜市場門口處斬，是您執刀。當時我以為大限真到了，沒有想到，午時問斬時，您沒有要我的性命，只是捅了我一下，放我走了。這麼多年了，我一直記著您的大恩大德。今天我終於找到了您，這錢您一定要收下，以後我還會來看您的。」

聽了張忠限的一番話，趙年五驚出一身冷汗，三角眼往上挑了一下。畢竟是劊子手出身，他很快鎮靜下來，接過銀票，呵呵一笑：「區區小事何足掛齒。既然賢侄客氣，那老夫就收下了。忠限吶，今兒個是中秋，咱爺倆喝兩盅。你先坐一會，我去打點酒來。」

趙年五急急出了家門直奔衙門。他在衙門當差多年，每個人都很熟悉了，不用通報，趙年五便直接找到縣太爺，說要借用一下衙門裡的屠刀。這可不是隨便可以動用的傢伙，封鎖在縣衙庫房裡。

當縣太爺聽明了情由，臉都綠了，驚恐地吩咐衙役：「快……快，把屠刀借給趙年五。」當年處斬張忠限，正是縣太爺上任那一年的事情，聽說張忠限砍了頭顱，又長了出來，大搖大擺地消失了，把縣太爺驚得寢食難安，提心吊膽了兩三年。才淡忘了這事兒，忽然聽得張忠限真是死而復生回來了，縣太爺能不恐懼嗎？

趙年五從縣衙提了屠刀，匆匆回到家裡，進了屋子就把屠刀往炕上一擲。

正在喝茶的張忠限一見到屠刀就是渾身一顫，那臉兒痛苦地扭曲著，霎那間整個身體如同氣泡一樣破碎消失了，炕頭上只剩下一灘紫黑色的血。

再看那一打銀票已經沒了蹤影，取而代之的是一堆紙灰。

穿著破衣戴著草帽的狼

在河北的楊家莊，村東有個楊保祥。楊保祥因為常年出門在外跑點小生意，所以就讓他十八歲的妹妹二幔陪著他年輕美貌的媳婦桂蘭做伴。

那是一個初秋的月半，月亮很亮。

吃過晚飯的桂蘭哄睡了三歲的兒子，姑嫂兩人早早地躺在上炕睡覺了。桂蘭已經睡著了，二幔卻怎麼也睡不著，翻來覆去的。這時，二幔一抬眼，看到房樑上蹲著個大嘴（北方人管狼叫大嘴）。這姑娘不慌不忙不吱聲，順手抄起身邊的紮槍（就是紅纓槍）照準了就是一槍。

那狼此時正在閉目養神，想等著姑嫂兩個睡著了牠好下來，哪裡料到二幔還有這麼一手！

就這樣狼永遠再沒有睜開眼睛的機會了，因為二幔的這一槍正紮在狼的心臟上，並且死死的把狼和扎槍釘在了房樑上。

「嫂子點燈，我扎住大嘴了！」剛入夢的桂蘭聽到妹妹叫，趕緊點上燈。二幔緊握扎槍的手沒放下，紅紅的狼血順著槍桿流淌下來。

桂蘭趕緊下地叫起了隔壁的父母和弟弟。大家過來了。弟弟從二幔手中接過扎槍，此時的狼已經斷氣了。

這是一匹老狼，毛都有些發紅了。令人納悶的是，不知這匹狼從哪裡弄來一件破衣服穿著，還戴著草帽。怎麼進院的，怎麼蹲在房樑上的，誰也不知道。

發生了這件令人驚恐的事兒，姑嫂兩人怎敢再睡覺呢？於是弟弟就連夜去找回了哥哥。

有了男人在屋裡，女人就漸漸安心下來。日子就這樣過去了，轉眼快過年了。就在小年夜的晚上，二幔在夢裡見一個人正拖著一個小孩往前走，那孩子哇哇大哭。二幔見這孩子哭的厲害，那個人拖孩子的方法從沒見過。於是二幔仔細看了看，一見那孩子不正是哥哥的孩子、自己的侄子小寶嗎？二幔跑上前去就要奪回自己的侄子，氣勢洶洶地說：「站住！幹什麼拖我的侄子？把孩子還給我。」

這時拖孩子的人回過頭來，啊！是那個戴著草帽穿著破衣的狼，胸口還冒著血。這時老狼說話了：「上次我要報仇，是你壞了我的好事，要了我的性命。我不跟你計較，這孩子我要定了，我要報仇！」

「你到我家房樑上，我當然要殺死你了。」二幔理直氣壯地說。

「可你知道我為什麼要到你家去……我是去報仇的。」老狼哽咽了一下，說道：「我本來有個幸福的家庭，我的一雙兒女才三個月大，我的丈夫在偷豬的時候死於獵槍下。我帶領我的兒女躲到山裡，不敢再出來。有一天，你的哥哥上山砍柴，無意中發現了我的兒女。我的兒女沒有招惹他，可是他竟殘忍地殺死我的兒女。等我帶著獵物回來時，只看到我兒女的屍體和你哥哥離去的背影。我想衝上去報仇，這時尋山的獵人來了，我只有逃離。我好不容易混到你哥哥家，想在你們睡著的時候咬死這孩子，讓他也知道失子之痛，沒想到死在你的手裡。今天我一定要把這孩子帶走，你是擋不住我的。」

老狼說著拖了孩子就走，孩子哇哇地大哭著。二幔急眼了，伸手就去搶奪自己的侄子。一用力，醒了。原來是個夢，二幔再也睡不著了。翻身起來，可是才半夜。就這樣靠在牆上想著剛才的夢，不知不覺睡著了。

在迷迷糊糊中，二幔被隔壁屋子悲痛的哭聲驚醒了，她趕緊起身，穿了鞋子跑出來，直奔隔壁哥哥家裡，進屋一看，哥哥與嫂子正抱著死去的小寶在放聲悲哭。

會報復的狗

松遼平原上有個趙家村，村裡的趙廣清，雖然日子過得不算富有，但是挺紅火滋潤的，一家五口人，十幾畝地，年年有餘。

前村的劉向東，因家裡揭不開鍋了，以兩斗高粱把九歲的閨女賣給了趙家當了童養媳。趙家來領人的那一天，劉向東的老婆李氏愛憐地摟抱著閨女瘦小的身子哭道：「小紅啊，不到萬不得已，媽是捨不得你這麼小就離開媽的……小紅啊，到了人家那裡，手腳要勤快，幹什麼活，不要等人家叫了再幹。對待公婆要孝敬，打罵不能哭出聲來。不管對錯，都不能爭辯的。不能動的東西，千萬別動。不能看的東西，千萬別好奇。說話要想好了再說，千萬別多言多語。記住了……孩子，你這麼小，媽、媽、媽……捨不得嗚……嗚……」李氏傷心得幾乎死去活來。

窮人的孩子早懂事。小紅雖然哭紅了雙眼，可是看到母親悲痛欲絕的樣子，就安慰母親道：「媽……別難過，閨女早晚都要嫁人的。再說我也不小了，再有三個月，我都十歲了。到了趙家，飯能吃飽。我啥活都會做，不會挨打受罵的。媽……別哭了……媽！」她一邊說著，一邊伸出麻桿般的小手為母親擦淚。然而母親的淚水，像泉水一樣流下來，她那瘦小的手兒怎麼能擦乾呢？

小紅離開了父母，到了一個陌生的家庭，成為一個童養媳，她每天從早晨忙到晚上，一個才九歲的瘦小身體，承擔的是一家五、六口人的做飯、洗衣的重活。最累的要數撈飯，這麼多人吃飯，都要一笊籬一笊籬地撈出來，然後再抱著飯盆彎著腰一挪一挪地挪進屋。

婆婆對於這個既能吃苦、又能幹活的童養媳還算滿意。小紅雖然很累，可是能夠吃飽飯，她幼小的心靈裡是十分的滿足。知足者常樂，小紅每一天都心滿意足地忙碌著，小臉上總是帶著甜甜的微笑。早上給公公婆婆打洗臉水，晚上打好洗腳水，殷勤地服伺著。而吃飯的時候，她總是低著頭扒飯，不會把筷子伸向菜碗的。

婆婆漸漸地喜歡上了這個小童養媳了。每次吃飯的時候，她會往小紅的飯碗裡夾一點菜。過年時還特意給她買了一身新衣服，這是小紅第一次過年穿上新衣服。婆婆的關心，使小紅覺得自己是世上最幸福的人了。

可是，好景不長。過年吃剩下的肉，婆婆裝在小籃子裡，掛在了廚房木樑垂下的木勾上。第二天婆婆去取下籃子來，裡面的肉不見了。怒氣衝衝的婆婆拿起笤帚，走到正在洗衣服的小紅身邊，劈頭蓋臉邊打邊罵：「你這個小賤人，給你三分染料，你就去開染坊了。拿你當個人，你卻不要臉。過年讓你和我們一樣吃，你還不滿足。你還要偷嘴……你……我打死你個賤貨。」

雖然母親告訴小紅不要與公婆爭辯，可是因為她覺得是冤枉的，就小聲地說道：「我沒有偷嘴，除了吃飯以外，我沒吃過一口東西。」

「偷了肉吃還嘴硬。你沒偷嘴，掛在籃子

裡的東西呢？你沒偷吃是叫狗吃了不成？」婆婆還是又打又罵。

無論小紅如何辯解，婆婆硬是聽不進去，把小紅打得渾身青一塊紫一塊的。

令人百思不得其解的是，婆婆每一次掛在籃子裡的東西都會不翼而飛，而小紅也會一次次地被毒打。原來覺得是世上最幸福的人，如今卻掉進了十八層地獄。現在小紅無論做什麼事，婆婆都會看不順眼。非打即罵，傷痛相連。剛剛十歲的孩子，既要忍受肉體的痛苦，又要承受精神的折磨。

正月十六，家裡請了個木匠叫朱貴，來打傢俱。晚餐後剩下的飯菜，婆婆又裝進籃子掛在廚房的木樑上，待到早上發現又沒了，不由分說，小紅又是被打得不輕，接連幾天都是如此。

木匠朱貴心想：這個小童養媳，看著挺機靈的，怎麼這麼沒記性？為了口嘴頭食挨打受罵的，這是何苦呢！

不過他也挺納悶，聽到小紅的辯解、看到她那委屈的表情，覺得這孩子不像是在說謊。究竟是咋回事呢？朱貴一邊幹活一邊琢磨著。

由於朱貴的手藝好，一年四季總是生意不斷，這不，又有人來請他了。朱貴為了趕時間，所以在趙家開夜工。

正月十八，大概一更天左右，朱貴出門去方便一下，當他走到廚房的窗前，無意中發現了一件怪事，只見趙家的大黃狗，蹲在掛籃子的地方往上瞅著。於是朱貴停住腳步靜靜地看。只見那狗看了一會，在地上轉了兩圈，然後，兩隻後腿著地直立起來，兩隻前爪托著籃子，往上一送把籃子取了下來，放到地上，牠用爪子揭開蓋著的布，把籃子裡的食物吃了個精光，再把布蓋好，把籃子掛了上去。牠心滿意足地搖著尾巴，走到柴火堆旁趴下，把頭拱在兩個前腿中間睡覺了。

朱貴暗暗替小紅叫屈，打算明天早一點起床，把事情的真相告訴趙家，免得童養媳被冤打。

第二天一早，朱貴被一陣打罵聲吵醒。他心裡十分難受，後悔自己睡過了頭。

這天晚飯過後，朱貴看到小紅的婆婆把吃剩的豬頭肉，掛到了廚房的木樑上，心生一計，便對趙家主人趙廣清說：「明天我要去別人家做活了，今兒晚上我想把活兒幹完，時間很緊張，你幫我打個下手吧。」

趙廣清當然滿口答應。

一更天剛到，朱貴便拉著趙廣清悄悄地走到廚房的窗前，往裡窺視。大概過了不到一袋煙的工夫，只見大黃狗在柴火堆裡站了起來，伸了個懶腰，慢騰騰地來到掛籃子的下方，原地轉了兩個圈，然後，後腿著地直立起來，兩隻前爪托著籃子往上一送，籃子就摘下來了。趙廣清看得目瞪口呆。

當狗吃光了豬頭肉，蓋好布把籃子掛上，心滿意足地搖著尾巴走向柴火堆的時候，趙廣清氣得肺都要炸了，他隨手抄起一把鐵鍬衝進廚房：「你這畜牲！要不是朱師傅，小紅不知要為你背多少黑鍋？今天我打死你個畜牲，替小紅出口惡氣。」

趙廣青掄起鐵鍬向大黃狗劈去。驚恐的狗本能地跳了起來，鐵鍬落下，牠慘叫一聲，夾著淌血的半截尾巴逃走了。

趙廣清的怒罵聲，狗的慘叫聲，把已熟睡的家裡人都吵醒了，紛紛起床出來，看看究竟發生了什麼事。

怒氣衝衝的趙廣清把事情的經過講了一遍，婆婆這才知道自己錯打了小紅，她把遍體是傷的小紅摟在懷裡說：「小紅，都怪我……」

懂事的小紅說：「不怪您，是那隻狗不好。」

雖然只是短短的一句話，說得婆婆流下了眼淚。

到正月二十，活兒做完了。趙家為了感謝朱貴，好酒好菜請他吃了晚飯。

朱貴回家的時候，天已經黑了。因為明天要去幹活的人家也是在趙家村的，所以朱貴把一應工具放在了趙家，只拿了一個錛子防身之用。

朱貴大概走了一里多路的時候，忽然聽得一聲狂吠，一條狗向他撲來。朱貴站穩腳步，輪起錛子狠狠地砸了下去，一下砸在了狗頭上，狗撲騰了幾下，倒地死了。

朱貴就著月亮一看，原來是趙家的大黃狗。「你這個畜生，做了壞事，冤枉了你的主人，還有臉來報復我？真是豈有此理。」朱貴氣憤地說著，抓著一條狗腿，把這死狗拖回了家。

人們只知道狗偷東西，卻不知狗是在討還小紅前世欠下的債。

讓我們一起看看小紅和大黃狗的前世。

有個財主李萬福，生有兩個兒子，長子李樹逵已娶妻生子，次子李樹偉剛到十八，與佃戶趙二保的女兒趙香芝好上了。趙香芝年方十七，長得如花似玉，是出了名的美人，而且心靈手巧，女工做得極好，繡出來的花兒，鮮豔欲滴，繡出來的蝶兒，似乎能夠翩翩起飛。說媒的人踩破了門檻，可她和李樹偉已私定了終身。香芝的父母知道後，心想香芝要是能嫁到財主李萬福家，那可是求之不得的好事。

當李樹偉把自己與趙香芝私訂終身的事兒向家人攤開時，他的父親李萬福還沒等說什麼，奶奶曹氏開腔了：「不行！我們家怎麼會和一個窮鬼結親家，門不當戶不對的，豈不讓人家笑話？我風言風語聽說你和那狐狸精相好，正在打聽，原來是真的。從今以後不許你和她來往。你要是不聽話，可別怪我手下不留情了！」

當天的下午，管家張守富狗仗人勢氣勢洶洶地來到趙家，一腳踩著炕沿，雙手叉著腰，對香芝的父親說：「姓趙的，老夫人說了，讓你家的狐狸精不要再纏著我家二少爺。你們要是死皮賴臉的不聽話，可別怪我們老夫人不留情面。話給捎到了，你們好自為之吧，哼！」說完，帶著兩個家丁走了。

然而，此時的趙香芝已有三個月的身孕了。

李樹偉不敢再對奶奶說娶香芝的事兒，他只有哀求父母替他說好話勸勸奶奶，並告訴父母，趙香芝已懷有他的骨肉。

李萬福倒是很同情兒子，因為他也曾有過相好的女孩，只是母親竭力反對，才沒能將那女孩娶進門。他答應了兒子。可是，當李萬福對母親一說，老太太竟然火冒三丈：「怎麼？我老婆子說話不靈了，嫌我老了，你要當家是吧？簡直是做夢，只要有我一口氣在，就不會讓你們胡來，娶一個窮鬼進門，有辱門風！你給我出去，什麼話也不要說了！」

李萬福知道這事沒指望了，可是他真想成全兒子。他拿出自己的私房錢十兩銀子交給兒子，讓他與趙香芝外出去躲一躲，等時過境遷了再回家。

李樹偉含著淚水跪下來給爹娘磕了頭，揣上銀子連夜和趙香芝偷偷地離開了村莊。

第二天，當曹氏得知孫子和趙香芝私奔的消息，大發雷霆，把兒子媳婦大罵了一頓之後，氣急敗壞地說：「就是挖地三尺，也要把那個孽種給我找回來，把那狐狸精賣到三百里外的省城窯子裡，告訴老鴇子，她肚子裡的孽種生下就送人，永遠不讓她見到。和我作對，這就是下場。」她吩咐管家，三天之內務必辦好這件事情，否則也是嚴懲不貸。

管家領命而去，帶了人騎著馬四處尋找，在第二天的傍晚，就找到了在一家驛站吃飯的李樹偉與趙香芝。

在趙香芝撕心裂肺的哭聲中，李樹偉被帶走了。而她被押往另一個方向。

李樹偉的奶奶曹氏餘怒未消，命人把孫子關在後院軟禁起來。李樹偉因為思念和牽掛香芝，因為痛苦與氣憤鬱結心頭，精神漸漸地崩潰了，整天瘋瘋癲癲的，見到女人就喊「香芝」。

趙香芝真的被賣進了省城一個有名的妓院裡。為了肚子裡的孩子，她忍辱偷生，答應老鴇子待孩子生下後就接客。當她十月懷胎分娩了一個女嬰後，老鴇子把女孩送人了。趙香芝氣急攻心，不久重病而終。

老鴇子氣急敗壞地說：「買了個陪錢貨，真是氣死老娘了。」她命人用破席捲裹了趙香芝的屍體，扔到了荒郊野外。

那個荒郊野外的地方，正好住著一對好心的夫婦，他們買了一副白皮棺材把香芝入殮埋葬了。趙香芝為感激農夫的收屍之恩，在後來的轉世時，選擇了做一條狗為農夫的兒子看家守院。

曹氏因為為富不仁，刻薄歹毒，在轉世時閻君讓她投胎到窮人劉向東家，取名小紅，因為貧困所迫，做了趙廣清的童養媳，讓她飽嚐痛苦以示懲罰。

趙香芝轉世的大黃狗，就是在這趙廣清家。真是冤家路窄。大黃狗遇上了前世的仇人，真想撲上去撕咬她，然而，這個前世的仇人如今成了牠的主人。怎麼復仇？大黃狗經過仔細思考，想出了一個嫁禍於人的妙計。牠偷吃了掛在廚房木樑上籃子裡的食物，神不知鬼不覺，那小紅自然是她婆婆的懷疑對象。每當婆婆毒打小紅的時候，大黃狗別提多高興了，牠搖著尾巴聽著悅耳的劈啪聲和哀叫聲，在院子裡走來走去，心裡想著：該、該、該！用力打吧，打死你這個老刁婆。

南山仙子曾經警告過大黃狗，曹氏如今已轉世為小紅，已飽嚐了貧苦和離別之痛，還要從事繁重的勞動，已經抵過她前世的罪過了。讓大黃狗不要再存報復之心。「冤冤相抱何時了？」可是大黃狗怎肯甘休，那種報復的喜悅充滿了心田，聽不進任何忠告了。

牠沒有想到的是，報復妙計反誤了卿卿小命，成了木匠朱貴的盤中餐。

雪花的故事

靈霄殿一年四季如春，然而每年六月初六這一天，空氣特別炎熱。沒有特殊情況，玉帝這一天是不會到靈霄殿的，各路神仙也都放假歸位。而今年的六月六，玉帝突然來到了靈霄殿，可是一進入靈霄殿，他覺得渾身燥熱，極不自在，一轉身走出了靈霄殿。

玉帝目極長空，長歎一口氣道：「這世間，越來越世態炎涼，這樣下去可如何是好？」他緊鎖雙眉，一低頭，忽然發現靈霄殿前的草坪上閃動著晶瑩的光，走近一看，只見碧綠的草葉上有兩片潔白的雪花，好似鑲嵌在綠葉上的鑽石一樣，非常美麗。玉帝有些納悶，自言自語道：「這六月的炎熱，怎麼還會有雪花沒有溶化呢？」

「稟告玉帝，我們兄妹在這裡已經六千年了，只是您沒有發現而已。」

玉帝四下回顧，不見人影，便問道：「是誰在說話？」

「稟告玉帝，我就是您看到的雪花，我的名字叫雪兒，這是我的妹妹花兒。」

玉帝呵呵一笑：「那為什麼不現身說話？」

玉帝話音剛落，只見一道白光閃到玉帝面

前，轉眼間，一瀟灑少年和一如花少女跪在玉帝面前說道：「沒有玉帝的旨意，我們兄妹不敢造次。如今承蒙玉帝寵幸，我們兄妹有禮了，叩謝玉帝——」

玉帝見到這兩個雪的化身，滿心喜悅，笑道：「雪花兄妹，你們每人可以提出一個要求，朕都會答應你們，實現你們的願望。」

跪在玉帝面前的兄妹異口同聲地說：「我們要到人間去走一遭，懇請玉帝恩准。」

玉帝見兄妹倆的要求只是想去人間轉世輪迴，便允准道：「好吧。不過人間歷練，是痛苦的磨難，你們已修煉了六千年，已修成正果，去人間不怕受苦嗎？」

「我們不怕任何磨難，甘願承受任何痛苦，我們兄妹只是希望到了人間能夠讓人們知道，人與人的親情比金錢更珍貴，讓人們明白情愛才是永恆的。」

玉帝聽了，感動地點點頭，揮手告別。

雪花兄妹叩謝了玉帝，就要離開天庭，這時月老已奉玉帝旨意，來到雪花兄妹面前，把兩根紅繩交給他們，再三囑咐了一番。

雪花兄妹收了紅繩，牽手在空中飛舞著。

雪兒高興地說道：「花兒妹妹，我們到了人間還做兄妹好嗎？」

「那是當然了。」花兒俏皮地一笑道：「不過我想做姐姐。」

雪兒說：「妹妹就是妹妹，怎麼可以做姐姐呀？」

花兒嘟起嘴巴說：「怎麼不可以呀，到了人間就是會改變的嘛，剛才輪迴仙子不是說了，誰先出生誰為大，我們來個比賽，誰先轉世降生誰就大！」

雪兒寬厚地說：「好呀，我同意。不過我是哥哥，就讓妹妹先飛一刻鐘。」

花兒開心地拍著手說：「哥哥真好！不過哥哥不許耍賴，咱們拉勾勾。」

雪兒笑道：「男子漢大丈夫豈有耍賴之理，就你個小丫頭調皮耍賴。來——我們拉勾。」

兄妹倆拉了勾後，花兒飛向前去。雪兒在後面大聲叮囑道：「妹妹路上小心，不要貪玩，哥哥數完了一刻鐘，就趕上來找你了。」

眼看著妹妹漸漸地消失在天際，雪兒心裡有種莫名的惆悵。六千年來，他與妹妹從來沒有分開過，如今雖然是短暫的分離，可是他擔心在茫茫人海裡會找不到自己的妹妹。焦慮萬分的他後悔自己不該依著妹妹，讓她獨自遠行。待一刻鐘剛到，雪花就迫不及待地朝妹妹的方向追去。

天上風雲不測，變幻無窮，雪花原以為很快就能追上妹妹，可是偏偏遇到龍捲風刮過，雖然他竭盡全力保持著方向，還是被刮得暈頭轉向。

雪兒一心牽掛著妹妹，兀自急急追去，然而到了凡塵間他才知道，芸芸眾生穿梭來往，哪裡可尋妹妹的影子？

在上下飛舞中，雪兒來到了洞庭湖上空，眼前美麗的景色吸引了他的目光，心想：妹妹一向喜歡山水，一定也會落腳在這兒。

雪兒在洞庭湖上空盤旋了一會，忽然間手裡的紅繩一抖動，急忙看去，只見紅繩刮在一個婦人懷抱中嬰兒的包裹上，他要扯回這根紅繩，卻怎麼也拉不回來。

雪兒在拉扯紅繩的過程，飄近了大地，巨大的吸引力，使他無法掙脫出來，當他一遇上地面，已發現自己開始融化了。他知道自己再也無法高飛了，無法再去尋找妹妹了。

正在這時，雪兒忽然看到前面來了一位慈眉善目的孕婦，他立即決定做這位慈善母親的兒子，帶著對妹妹的無盡牽掛，雪兒撲進那孕婦的懷裡融化了。

就這樣，雪兒降生在荊州大地，成為一個凡塵間的男娃。

在雪兒步入人生旅途之後，無論命運怎樣艱難曲折，已經過六千年修煉的他始終是那麼地坦然和從容。在物慾橫流、世風日下的凡塵紅塵中，他一如既往地保持著雪的本質，一塵不染，純潔清澈。

後來，雪兒與當年那個牽了紅繩的女嬰結為了夫妻。

雪兒成家以後，特別是一兒一女的相繼降生，使原本就拮据的生活不斷增添新的負擔。雪兒擁有不甘人後的倔強性格，他告別了恩愛的妻子和心愛的兒女，踏上他鄉的土地，在漂泊的生活中，腳踏實地、一步一個腳印地努力拼搏著，終於闖出了一片屬於自己的天空。

然而，雪花總是在潛意識裡覺得似乎缺少了什麼、或者說是丟失了什麼。雖然在現實的生活中，他無法知道轉世輪迴之前的一切淵源，可是冥冥中卻有一份說不清、想不明的牽掛，一直困擾著他。多少次在似睡非睡的朦朧中有些記憶，好像是自己的妹妹不見了，似乎又是自己的大意丟失了妹妹，他努力捕捉著遙遠的記憶，可以因為沒有明確的提示而無法想通，這種感覺一直令他耿耿於懷。

回頭再說花兒。她離開哥哥後，唱著歌兒在天空中飛舞著：「啦啦啦啦……快飛呀，快飛呀，飛快了我就可以做姐姐啦……」

風婆婆見花兒如此高興，就說：「花兒，風婆婆帶你去西北玩耍怎麼樣？那裡雖是冰天雪地，風景卻很美麗。」

花兒說：「不啦，我正和哥哥比賽呢，去晚了我就輸啦。」

當花兒飛舞到西子湖上空時，頓時被美麗的西子湖吸引了，覺得這裡真是太美了，她想：我應該在這個美麗的地方，找一位自己喜歡的媽媽轉世。

花兒回頭看看，哥哥還有沒追上來，高興地放低了飛行的高度，尋找著自己的目標。

忽然，花兒感覺有人在拉自己手裡的紅繩，低頭一看是一個三、四光景的男孩子，正哭哭啼啼地拉她的紅繩。花兒生氣了，伸手就給了那男孩一巴掌，怒道：「小無賴，為什麼拉我的紅繩？」

可是，那男孩拉著紅繩就是不撒手，著急的花兒把他推倒在地，一腳踩了上去。

這時，風婆婆擋在了花兒的面前說：「花兒，你哥哥已經到人世間三十天了，你怎麼還在這打人？這個男孩，就是你未來的夫君。你再這樣耽誤下去，你哥哥就快做爺爺了。」

聽了風婆婆的話，花兒生氣地說：「我才不要這個破男孩呢，耽誤我的終身大事，害我和哥哥失散……你要紅繩，本花兒給你，我去很遠的地方轉世。哼！」

花兒扔下紅繩，飛躍上空，向東北飛去。待到東北上空時，雖然是冰天雪地，可是花兒已經開始融化。她有些著急了，因為如果完全融化了的話，她就只能再等一個甲子才有機會轉世了，那時哥哥也變成了爺爺。

就在這時，一個身懷六甲的孕婦正在給落在雪地覓食的鳥兒拋撒食物，花兒覺得這位媽媽好慈祥，於是就選擇做了她的女兒。

命運弄人。花兒來到人世間第十五天，母親就因病辭世了，鄰居一個好心的大媽收養了她，把她當作親生女兒一樣撫養，對雪花的寵愛，超過了自己的兒女。雪花在養父養母那裡，享受到了真正的父母之愛，還有哥哥、姐姐們的親情，因此她是在幸福的環境中成長的。

當花兒長到十八歲的時候，因為一個強烈而又朦朧的想法，她就決定要去南方，父母一向寵愛她，不捨得她走那麼遠，可是花兒十分堅決，無法阻止她的行動。

自己欠下的債要自己償，自己欠下的情要自己還。花兒來到了西子湖畔，依稀覺得這是命運的指引。千里姻緣一線牽，一根紅繩已註定了前世的姻緣。花兒最終與當年那個扯走她紅繩的男孩結為了夫妻，開始了艱辛磨難的生活。這個任性而貪玩的女孩子，畢竟是經過了六千年修煉，雪的精靈經受住了命運的一次次考驗，走過了一道道坎坷之路。

可是，在花兒的潛意識裡，也有與哥哥雪兒一樣的感覺，始終覺得自己是和哥哥走散了，又找不到明確的根據。有多少次，她在夢中尋找著哥哥、呼喚著哥哥，可是驚醒過來發現是南柯一夢。這無端的牽掛，讓她一直在尋覓自己的哥哥。直至人到中年，她依然解不開這份情緣。

當日曆翻到二〇〇五年的時候，那是一個金秋季節，花兒跟隨旅遊團來到了黃山。愛好攝影的花兒，被天空一群南歸的大雁所吸引，她舉起相機調整聚焦，追隨著雁群連續按動快門。全神貫注的她完全忘記了自己是在山路上，在一個轉身拍攝時，突然腳下踩空了，身子一歪，當她即將倒下的一剎那，第一反應就是抱緊自己的相機，而在這時，她覺得有人張開雙臂抱住了她……

花兒的腦海裡，忽然閃現出哥哥與她在天上拉勾的一幕情景，似乎一切想起來了，她哭喊起來：「哥……哥哥……」

遠在天邊的哥哥向她揮著手，深情地呼喊道：「妹妹……妹妹……」

兄妹倆相距越來越遙遠了。花兒心都要碎了，她飛向哥哥，一個勁兒地哭喊：「哥哥……哥哥……」

花兒把自己喊醒了，覺得頭很疼痛，費力地睜開眼睛，只聽一個穿白大褂的醫生舒了口氣說道：「你終於醒了！」

花兒不解地問：「我怎麼會在這裡？難道我睡了很久了嗎？」

醫生說：「你受傷了，昏迷了四十八個小

時。救你的那位男士還沒醒過來……」

這時，護士過來說：「劉醫生，那救人的英雄也醒了，奇怪的是他一直叫著妹妹……」

也許是上天的安排，也許是一種巧合，救花兒的竟然是雪兒——前世的兄妹就這樣相聚了。

當然，他們現在都是不知道的。

一個來自荊州大地，一個來自西子湖畔，當他倆同時看到對方時，都彷彿似曾相識，感覺非常親切。

雪兒也是來黃山旅遊的，在花兒拍照時，他正好走在她身後，當花兒不小心摔下山溝時，雪兒毫不猶豫地撲了過去，抱著花兒滾下了山溝。

雪兒的右腿有兩處骨折，需要在醫院療養一段時間。花兒留了下來，精心地照料雪兒。

在朝夕相處中，雪兒和花兒無話不說，猶如親兄妹一般。他倆性格相同，觀念一致，而且都感到一種天然的親近感。

雪兒想：她就是我的妹妹。

花兒想：他就是我的哥哥。

真是造化弄人，他倆的前世就是一對兄妹，今生卻難以相認。讓人欣慰的是，雪兒與花兒自這一場驚心動魄的邂逅以後，果真成了人間的結拜兄妹。

他們結為了異姓兄妹，演繹著人間親情。即使是沒有血緣關係的親情，亦以傳奇的方式告訴我們，人世間的親情永遠是最珍貴的，哪怕經過輪迴轉世，血濃於水的親情永遠不會改變。

為了紀念兄妹隔世重逢，雪兒寫了一副對聯，花兒看了十分感動，並揮筆改動了幾個字，這副對聯成了兄妹倆共同的創作：

今生兄妹喜相逢

來世再續手足情

橫批是：「親情無價」。

雖然這副對聯不是最完美的，但是見證了一場弘揚親情的動人故事。

賭鬼

在這個全國最大的羊毛衫市場，雲集著來自各地的萬千客商。家家戶戶都在起早貪黑地忙碌著。

趙忠興為人聰明，而且有魄力，在羊毛衫市場還沒形成規模時，他就辭職做上了羊毛衫。幾年下來，市場規模日益擴大，他的生意越加紅火，蓋起了五層八間的廠房，在住宅區建起了別墅。

財大氣粗的趙忠興卻迷上了賭錢，妻子劉雅華為此沒少和他吵架，甚至鬧到要離婚的地步。每一次趙忠興都是起誓發願，保證痛改前非。善良的劉雅華一次次的相信他，盼著他能真正戒賭，好好做生意。

趙忠興起先是小賭賭，慢慢地開始豪賭了。一擲千金，連眼睛也不眨一下。他經常與一群賭友帶了錢到外地賭博，有時候一個晚上就輸掉六、七萬元。輸了錢的，越想翻本。賭紅了雙眼，便惡性循環了，家裡的生意他也不管了，妻子劉雅華當然也沒心情打理生意。

最終，趙忠興的生意越來越慘澹，存摺上的錢都輸光了，還欠了一屁股賭債，羊毛衫生產也破產了，賣了廠房還賭債。

趙忠興是個吃苦耐勞的人，為了掙錢，他擺起了地攤賣香煙和小百貨，晚飯一過踩了輛三輪車去鬧市擺攤。妻子劉雅華則在家門口開了個小雜貨店。

一天晚上，趙忠興推了一車的東西，掃興地往回走，心想：我趙忠興怎麼這麼倒楣，一車的東西竟然沒有開號，連個鬼都沒有碰上，這可是倒楣透頂了。

他正滿腹牢騷，這時有一個二十幾歲的年輕人走了過來說道：「大哥，你的東西還有這麼多呀？」

「唉，今天倒楣透了，楞沒開號。」趙忠興抱怨道。

那年輕人說：「大哥，我告訴你一個好去處，包你生意好得不得了。」

趙忠興疑惑地問道：「都大半夜了，哪還能有生意?明天再說吧。」

「你跟我走吧，包你把這車賣光，明天你再進貨來賣唄。」年輕人熱情地勸說著。

趙忠興動了心，謝過之後，踩著三輪車跟著年輕人走了不一會，果真到了一個人聲嘈雜的鬧市，趙忠興有點疑惑，自己是本地人，怎麼會不知道這個夜市呢？這裡的店鋪一家挨一家，小商小販的叫買叫賣聲、討價還價聲，彙成了一片好不紅火的集市。

疑惑歸疑惑，還是做生意要緊。趙忠興正暗自思量，年輕人說話了：「大哥，我沒說謊吧，這裡是不是很熱鬧？你忙你的生意吧，我還有事，就不陪你了。」

「謝謝你了，兄弟。」趙忠興的話還沒說完，年輕人已經消失在人群裡了。

趙忠興剛把三輪車上的貨物鋪開，就有很多人來買他的雜貨品了。人越聚越多，但沒有一個認識的。趙忠興顧不了那麼多，只是低頭收錢遞貨。沒過多久，帶來的一車貨全部賣光了。這可是從來沒有過的事情，他估摸了一下，今晚賺了好幾百元錢。

趙忠興的心裡美孜孜的，盤算著明天多進一點再來賣貨。這樣一年下來就可以東山再起了。

趙忠興高興地踩了三輪車回家去，路過一家茶館，似乎看到裡面有好多人在賭錢，要是在以前他一定會進去賭上一把。可是今天他沒有這個心思，自己就是因為賭博才落了個上街擺攤的下場。他繼續往前趕路，可又遲疑地回頭看看，口袋裡揣了二、三千塊錢，手心真有點癢癢了。

這時一個中年人趕出門來，熱情地招呼道：「這位朋友，進來玩兩把吧，我們正好三缺一，進來吧。」

趙忠興猶豫地停了三輪車，那中年人小跑過來，拉拉扯扯一定要叫他玩兩把。於是半推半就的趙忠興抓起三輪車上裝貨用的尼龍袋，隨著中年人進了茶館。

趙忠興以往打牌都是輸錢，可是今天的手氣特別好，不知不覺已經贏了一尼龍袋的錢。這時，有人說了句：「時間不早了。我們要休息了，明天再玩吧。」

趙忠興一想也是，明天自己還要進貨。再說了，是輸家提出來不玩的，以往輸家都不輕易說散場的。

拎著一尼龍袋錢的趙忠興別提多高興了，這一袋錢至少有一百多萬呢。雅華，你這回不會再說我沒用了吧！

趙忠興剛剛走到茶館的門口，幽暗的燈影下，老闆娘在櫃檯裡高聲地說道：「男人為什麼這麼愛賭博？等到家破人亡時，後悔就來不及了。」

趙忠興楞了一下，茶館的老闆陪著笑臉對他說：「這位大兄弟，我原來就是好賭成性，不聽老婆的勸告，把家業賭光了。老婆一氣之下離開了我。大錯鑄成，無法挽回。這不，我低聲下氣來找她了，想好好過日子了，家裡還有個六歲的兒子和年邁的父母。我真後悔呀！」

趙忠興「哦」了一聲，有些悶悶不樂。他把尼龍袋扔進三輪車，踩了就走。

這時，天也快亮了。趙忠興記得，從茶館出來時好像已聽到雞叫了。他輕手輕腳地進了房間，把一袋子錢放在牆角邊。看到妻子劉雅華和衣靠在被子上睡著了，不覺心裡一熱，輕輕地拿起一條毛毯蓋在妻子的身上。然後衣服也沒脫，就在床上躺了下來，真是太累了，一躺下就睡著了。

劉雅華早晨起床時看到丈夫睡得很沉，就輕手輕腳地走出了臥室。可是直到中午，她從店裡回家拿點東西，趙忠興還在睡覺，就沒好氣地說：「還不起來，昨晚是不是又去賭了？起來！」

劉雅華吼了幾聲，趙忠興沒有反應，睡得太沉了。劉雅華有點著急，俯身一看，只見丈夫的臉通紅，用手一摸，驚叫道：「媽呀，這麼燙！忠興、忠興……你怎麼了？」

趙忠興費力地睜了一下眼睛，含糊地說了句：「雅華……咱們發了……你看尼龍袋裡都是錢……一百多萬……」頭一歪又睡著了。

劉雅華心想，丈夫想錢都想瘋了，是說夢話呢。還是看病要緊，就趕快打電話叫來了婆婆和趙忠興的弟弟，把趙忠興送到醫院，一量體溫，居然達到四十一點五度，得住院觀察。

趙忠興的弟弟趕回去拿住院用的一應物品，劉雅華剛剛為昏睡的丈夫辦完住院手續，就接到了趙忠興的弟弟打來的電話，說有急事，讓她立即回家。

劉雅華急匆匆地趕到家裡，趙忠興的弟弟臉色煞白地說道：「嫂子，這尼龍袋子裡怎麼有一袋子紙灰？」

「什麼紙灰？」劉雅華吃驚地問道，忽然

想起了丈夫對她說的「夢話」，一百多萬！

劉雅華彷彿想起了什麼，頓時不寒而慄：「快……快把它拿出去扔掉……快！」她發瘋般地喊道，聲音已經顫抖了。

趙忠興的弟弟趕緊提著那一袋子紙灰出了門。

沒幾天，鎮上的人都在傳說，在西柵的亂墳岡那些墳頭上，不知為什麼拋散了許許多多全新的日雜用品，有香煙、有肥皂、有毛巾，只是沒有人敢撿回家去。

酒鬼

李武自從下崗後，每日與酒為伍，三餐三頓酒，夜宵還是酒。而且是每次都醉意朦朧，清醒的時候很少。老婆不讓喝酒，他乾脆到外面喝，還念念有詞道：「酒是寶中寶，快活逍遙少不了，每天來上幾頓酒，飄飄欲仙沒煩惱。」就這樣，他每月的生活補貼費就都在酒裡了，家裡的一切都是老婆張秀蘭的工資開銷。

李武每日與酒為伴，除了睡覺就是喝酒。張秀蘭無可奈何，也懶得說他，只當沒有這個人的存在。

最近李武交上了幾個酒友，每天喝到凌晨才肯甘休。白天睡覺，醉生夢死，已經無藥可救了。

這天，是李武的老爸六十大壽。張秀蘭一早就叫醒了他：「李武，今天是爸六十大壽，你早點起來過去幫忙張羅一下，我和兒子先過去了，你早點起來。聽到沒有？」

「去！去！不要煩了，我才不去呢，就當他沒生我這個兒子！當初讓他給說一聲他都不肯，害得我下崗。再說，他一個局長大人怎麼要一個下崗的職工幫助張羅呢？那不是太沒面子了嗎？」李武不滿地說道：「我要是一去，他又沒完沒了的擺局長的腔調訓人了。我才不去自找沒趣呢。」

「你怎麼能這麼說話？能怪爸嗎？上班的時候你吊兒郎鐺，精簡人數的時候當然要從你們這些人開始，你讓爸怎麼給你講情？平時說你，你不聽。用特權嗎？你是知道爸的脾氣的。」張秀蘭耐心地說著。

李武聽得越發煩惱了，說：「愛去你去，我又不是不讓你去，我又不是你的學生，我不用你說教。少來煩我睡覺。你們都是好得不得了的人，與我這個沒出息的人攪和什麼？要走快走，我要睡覺了。」

張秀蘭沒有再說什麼，氣呼呼的領著孩子走了，出門時還說了一句：「我們今晚不回來。」

李武睡夠之後，伸了個懶腰起床，直奔菜場，心想：哼！你們不回來正好，我把朋友們叫到家裡來喝酒，我每夜都與他們一起喝酒，不叫人家來喝一頓太沒面子了，今夜我要露一下我的手藝給酒友們看看，我李武也不簡單。

李武開開心心地準備了一桌豐盛的晚餐。待到黃昏後，他把三個酒友邀請到家裡喝酒。三個酒友面對上好的白酒、美味的佳餚。好不開心，四個人邊吃邊聊開了。

李武說：「各位哥們，咱們認識有十來天了，還不知各自的姓名和單位。我先做個自我介紹。我叫李武，下崗工人，今年三十。原單位是紅曉食品廠。由於平時愛打抱不平，領導看不慣，第一批下崗了。」

坐在對桌的青年開口說：「我叫趙加雨，二十八歲。原星星服裝廠的駕駛員，那一次酒喝多了，車子碰了一下。我就再也不開車了，落個清閒自在。」

坐在西首的人說：「我叫周明，三十四歲。長風貨運公司貨車駕駛員，那天喝點酒，車子不小心掉到山下去了。幸虧我機靈便沒事，從此再也不開車了。」

李武右邊的人說：「我參加朋友的婚禮時，酒喝多了，回來時與一輛貨車相撞之後，我就不要那輛摩托車了。我在稅務所上班，今年二十六歲，叫楊玉祥。」

大家介紹完畢，李武在本子上作了記錄。之後，大家開始吆五喝六，猜拳行令，吵吵鬧鬧，混吃海喝。

周明喝了一大口酒說：「好久沒有吃到這麼好吃的菜了，還有這麼好的酒。」

「是呀，這麼好的菜有幾年沒有吃到了，這麼好的酒也久違了。」趙加雨與楊玉祥也跟著附和道。

「那大家就不要客氣，多吃多喝，儘量把菜吃完。這酒是人家孝敬我家老頭子的，他老人家不喝，我老媽就都給我拿來了。」李武有點炫耀地說：「每年老頭子接的禮酒基本上夠我喝了。老婆不讓我喝，可是我媽拿來她也沒辦法。她不讓我在家喝，我就到外面喝。哈哈哈。」

幾個人吃著、喝著，白酒一瓶又一瓶地底朝天了。

可是喝著喝著，李武見周明怎麼沒了下巴，他以為自己眼花了，揉了眼睛再看，周明還是沒下巴。他想讓楊玉祥看看，然而一看楊玉祥也沒了下巴，再看趙加雨，他竟然也沒有下巴。李武心想，是我喝多了？可我還沒醉呀，怎麼回事呢？他下意識地摸了一下自己的下巴，忽然驚出一身冷汗，難道是？——聽老人們說過，鬼是沒下巴的！

李武正納悶呢，這時，老婆買來的那隻立冬要殺的大公雞啼鳴了。嘩啦啦，三個人同時消失了。坐在李武對桌的趙加雨變成一副白骨散落在地，周明與楊玉祥都飄然不見了。

這可把李武嚇壞了，一歪頭倒在了地上。

第二天早上，李武老爸的司機送張秀蘭母子回來。當張秀蘭打開房門，「啊」地驚叫了一聲，昏到在門口了。送她的司機正要轉身下樓，見狀趕緊回頭過來扶起她，孩子大聲哭著叫媽媽。吵雜聲引來了鄰居，當眾人看到桌邊上一副白骨時，無不毛骨悚然。仗著人多，七手八腳的拖起李武，又掐人中又是呼叫，李武終於醒了過來，而張秀蘭這時也哭出聲來了。

有膽大的人走到桌子邊來仔細觀察，除了那副白骨，只見另外兩隻凳子上是兩灘紫黑色的血跡。

左鄰右舍幫助把凳子和白骨弄到院外一個空場地上，倒上汽油點了火。只見火苗亂竄，白骨與凳子在火光中發出吱吱的怪叫聲，那白骨上還冒出了血水。

犟李武一定要弄個水落石出，在大病一場之後，按著那天記錄下來的單位，一家一家的找去。原來趙加雨、周明、楊玉祥都是死於酒後駕車，都已死了三年多了。那個周明連車帶人掉進山澗後，連屍身都沒找到呢。

五十六元

丈夫去了公司，兒子上學了，我沒有去開店。早飯過後，我洗了澡，換上全新的內衣，換下的衣服洗淨、晾好，然後化了妝，穿上嶄新的紅色彩緞旗袍，黑色高跟皮鞋，還帶上鑽石耳環、鑽戒、白金鑽石項鏈和紅寶石黃金手鏈——平時我是絕對不會戴兩件以上飾品的。可今天不同了，這樣豪華的打扮我已準備了半個多月，始終沒有下得了決心。今天，哎……

曾經是一對海誓山盟的情侶、一對相惜相愛的夫妻；曾經是初中時成績常是第一的兒子；曾經是世人羨慕的一家三口；曾經是呵護備至的丈夫；曾經是懂事的兒子；曾經是幸福滿足的我……

我的丈夫，是一個普通的工人。在改革的海洋裡擁有了一片綠洲，成為一家公司的老總，當選上了市人大代表。地位改變了，生活條件變了，可是人心也變了。感情摻進了水份，變淡、無味、直至結冰。在丈夫的心中，女秘書取代了我的位置。忍耐、勸說、爭吵，都無法收回他那背叛的心。我痛苦、徬徨、無奈和委屈，顧及自己的顏面，更在乎兒子的感受，我們維持著這名存實亡的婚姻。四、五年的光陰就這麼過來了。沒有愛情，有親情——兒子是我的希望和未來，是我的精神寄託和支柱。

然而，最近這半年來，兒子的變化很大，不再是那麼用功讀書，在學校裡搞什麼幫派打鬧，還談了戀愛。我的心頭雖有萬般滋味，可我還是平心靜氣地與兒子談話溝通，曉以利害，當時兒子信誓旦旦，說一定痛改前非，還發誓要好好讀書，忘掉那個「梅」。我相信了我的兒子。可是過了一段時間，兒子舊病復發。這個已十八歲的兒子，我給他講了一大套道理，開始時還是應付我，後來竟以沉默來對付我，之後還是我行我素。

一年前，我的丈夫在付出真情和金錢之後，換來了女秘書一句肺腑之言：「我怎麼會相信你哪？如果我嫁給了你，那我就是第二個『雯』，這麼長時間和你在一起，我為的只有一個字，那就是『錢』。現在咱們兩不虧欠，我和我的男朋友就要走進婚姻的殿堂。我就要做新娘了。老總，拜拜了！」

失戀的丈夫每天下了班，都唉聲歎氣。他說他很後悔，一再懇求我原諒他。

原諒他？我一想起這麼多年來受的委屈，我無法接受。

從此，每天晚上丈夫就鑽進書房，電腦一陪就是大半個晚上。昨天晚上他公司出了點事情，駕駛員撞傷了，他接到電話趕緊出去了，電腦也沒關。我走進書房，準備把電腦關掉，這時有個郵件來了，上面寫道：「親愛的林大哥，郵件收到了。你愛你的美眉，我也愛你，我的好大哥，什麼時候你才能和『雯』離婚？……」

當時，我不知道是怎麼離開書房的。

夜深人靜了，兒子還沒回來，這孩子越來

越不像話了。我煩惱地靠在沙發上，快要零點時，兒子回來了，還喝了酒。

我生氣地問道：「小剛，你咋才回來？你看看都幾點鐘了？」

兒子滿不在乎地說：「咋了？我又不是小孩子，看得那麼緊。」

「明天還得上學呢，你這樣下去，還想不想考大學？」

「考你個頭啊！經常囉裏囉嗦的，煩不煩？我長大了，就這樣了，要看你就看，不愛看把臉扭過去。」

兒子竟然這樣對我說話。我好像掉進冰窖裡，從頭冷到心，涼透了，也失望透頂。

為什麼？我滿腔的愛，卻換來他們父子如此的回報？我真徹底崩潰了。我沒有流淚，只是心在流血。

日子就這樣忽然而過，痛苦吞噬了我的靈魂。

灰心無望的我，今天以盛裝出場，結束自己的生命。

我戴上了白手套，最後來到鏡子面前照了一下，三十九歲的我還是那麼年輕漂亮。哎！「自古紅顏多薄命。」

我平靜地走進了自己的房間，把三封遺書放在了床頭櫃上，分別是給我的丈夫、我的兒子和派出所員警的。

我躺在了床上，拿起鋒利的小刀，劃向了自己的脈搏。此時此刻，我沒有痛苦，沒有悲傷，心中異常地平靜。我的生命就在這滴答滴答的滴血聲中走向了盡頭。

中午，兒子回來了，當他看到從我房間裡流出的大片血跡，先是一楞，接著箭一般衝進我的房間。

我聽見兒子踩在我稠涼的血跡上，發出嘎吱嘎吱的聲音，看見兒子搖晃我冰冷的屍體，表情極其痛苦。他撲在我的屍體上痛哭著、叫喊著：「媽……媽……」

鄰居們聞訊趕來了。丈夫也回來了，他滿臉淚痕，傷心地跪在我的屍體旁，拉著我冰涼的手哭喚道：「雯……雯……」

面對父子倆的痛哭和呼喚，我沒有流淚、沒有痛苦、也沒有悲傷，我生前飽嚐了痛苦、悲傷和絕望，淚水早已流乾了。

在我的靈前，圍滿了鄰居與親朋好友。其中有許多人，以前都得到過我家的幫助與救濟。他們哭道：

「為什麼好人沒長壽？難道是天妒好人！」

「你為什麼走這一條路？多麼幸福的家庭！」

「平時總是看到你陽光燦爛的臉，為什麼這麼傻呢！」

父母聞訊趕來了，撲在我僵硬的屍體上痛不欲生。

對不起了爹娘！人生有很多的無奈，女兒不孝了！我給你們十萬元養老金的存摺和密碼，已放在媽媽的皮箱裡，等你們接到信就知道了。唉！雖然，我知道金錢是無法彌補你們的失女之痛，可是女兒能做的只有這麼多了。對不起了爹娘！

我的屍體在家中擺了兩天，四十幾個花圈擺滿了我家的小院。第三天我被送去火葬場。

在吹吹打打的哀樂聲中，兒子的眼睛已紅腫的只剩下一條縫了，抱著我的遺相走在送葬隊伍的前頭，四個壯漢抬著我的棺木，然後是一千親友和四十多個送花圈的人，再後面是百十來個送我最後一程的人們。

沿路撒滿了零錢，一些衣衫襤褸的人在撿著、搶著。

人們把我裝上了一輛專用的中巴車，後面是十六輛轎車和兩輛裝花圈的卡車，好氣派！浩浩蕩蕩的車隊，開向了火葬場。

到了火葬場之後，沒有排隊等候，人們七手八腳把我推進了一個鐵抽屜裡面，並推上了電閘。在那一瞬間，我的身體刷地一下，火辣辣地化成了灰。

我從高高的煙囪裡爬了出來，沒等他們把我的骨灰裝進小盒子裡，就先回家了。十幾里的路太遠了，於是我就叫了一輛人力三輪車。

到了家門口，我因為沒帶零錢，就從親友們的弔唁金中，抽了一張百元大鈔給三輪車夫，他一邊找零錢一邊叨咕：「就這五十六元零錢，都找給你了……」

我接過那五十六元錢，走進家中。

原來送葬的人們已回來了，裝有我骨灰的盒子就擺在八仙桌上，我順手把五十六元錢放在了上面。抬頭一看，我的照片已經掛在牆上了，上面還披了一塊黑紗和一朵黑絹花，動作還挺快的！

這時，送葬的人們已去了酒店，我也跟著去了。

豐盛的酒席，除了多了兩盤豆腐以外，與結婚喜宴沒什麼兩樣的。我暗自數了一下，足足有二十七、八桌酒席。

酒足飯飽之後，有一部分至親臉色沉重地回到了我家。

這時，上午拉我回家的那個三輪車夫找上門來，激動地嚷道：「上午，我拉了一個大約三十多歲的婦女，穿著紅旗袍，可漂亮了，拉到這家門口，她給了我一百元錢，我找給她五十六元錢——那是我一個上午掙的錢，卻換回了一堆紙灰……」

親友們都聽得十分疑惑。

三輪車夫東看西瞧，似乎在找我，他抬頭之間，看到了我的那張掛在牆上的遺照，大驚失色地嚷了一聲：「就是她！」

我看到他紫紅的臉已變成了灰白色。

我丈夫看到了八仙桌骨灰盒上的一堆零

錢，他走過去拿起零錢點數，親友們也跟了過來，默默地跟著他數錢，數好錢之後竟異口同聲地驚呼道：「啊！五、五、五十六元！」

……

鬼娃

趙家村是這偏僻落後的村落中的一個村莊。村裡的人們只知道日出而作，日落而息。二十幾戶人家，只有兩台黑白電視機，而電視機的主人為了省幾個電費，基本上不看電視，所以電視機成了擺設。村裡有個習慣，一到晚上沒有一家亮燈的，人們都早早的睡了，只有幾聲零星的狗叫聲才讓人知道這裡是一個村莊。

村東趙小民的媳婦春芝在吃過晚飯後，感覺到十分不適，她沒吱聲，而是悄悄地上了床，以為睡上一覺就沒事了。到了十點多鐘後，肚子疼得越發厲害，她這才對丈夫說。趙小民一聽，趕緊拿著電筒去村西請接生婆十娘了。

接生婆十娘，娘家姓李，嫁給這趙家村的趙永海了，趙永海在本家堂兄弟當中排行老十。十娘的母親就是一個民間接生婆，十娘繼承母親的衣鉢也做起了接生婆。她從十八歲開始接生，到現在已經接生四十幾年了，附近村莊生孩子的都要請她去接生，經她接生的嬰兒到底有多少，她自己都說不清了。這村裡四十歲以下的人，都是她接生的，所以人們都親切的稱她「十娘」。

正入夢鄉的十娘，聽到趙小民敲門說春芝要生了，便麻利地穿好衣服，帶上器具跟著趙小民走進了夜幕中。當他倆趕回時，春芝已經快臨產了。十娘立即吩咐趙小民燒水，自己則開始準備接生的工作。

從半夜一直到天亮，臨產的春芝疼得汗水淋漓，衣服都濕透了，孩子卻還沒有生出。十娘就一直守侯在她身邊，忙碌得不曾打一個盹。很快，天亮了又黑了，春芝的血流了很多，孩子卻生不出來。春芝在痛苦中無助地掙扎、呻吟。

婆婆和聞訊趕來的母親已經流了一天的淚了，焦慮地祈禱著，乞求菩薩保佑春芝順利生下孩子。在死亡線上掙扎的春芝，聲音越來越微弱了。在太陽又一次升起來的時候，掙扎了四十多個小時的春芝，最後看了一眼丈夫和母親、婆婆之後，流著淚水離去了。四十多個小時沒合眼的十娘在趙家撕心裂肺的號哭聲中倒下了。

春芝，年僅二十三歲的生命就這樣結束了。三天之後，她被埋在了離家三里外西北的一片樹林裡。

十娘雖然沒有死，卻在床上整整躺了半個月。

在趙家村北五、六里遠的劉家村，村西的劉有良家開了間小雜貨店。前後村莊裡的人們，都來他的小店裡買日雜用品，所以小店生意很興隆。

一天，劉有良的媳婦桂蘭在晚上理錢的時候扯著嗓子罵道：「劉有良，你沒長腦子？怎麼把煙灰磕到錢匣子裡？」

紮個圍裙的劉有良看著媳婦討好地說：

「嘿嘿……我哪有哇？我怎麼會往錢匣子裡磕煙灰呢？老婆……嘿嘿……」

桂蘭生氣了，尖著嗓子提高了音量：「你沒磕煙灰哪來的紙灰？你自己看看——我還冤枉了你不成？」

劉有良伸頭看了看錢匣子，果真有很多紙灰，他又解釋不清，只好承認是自己不小心掉進的煙灰。

可奇怪的是，錢匣子裡連續幾天都出現了煙灰。桂蘭覺得不大對頭，心想：是不是外人趁我們不注意偷錢時掉進的煙灰？她想來想去，覺得不可能，因為錢匣子是放在櫃子裡面的。

為了安全起見，桂蘭決定收了錢不再放到錢匣子裡去，直接收到丈夫劉有良的口袋裡。

然而，劉有良經常會發現自己的口袋裡有紙灰，他第一次看到時，以為是自己不小心弄進去的煙灰，可是連續多次，口袋裡老是出現紙灰，他有點驚心了。嘴上又不敢明說，怕媳婦不明不白的數落，每天晚上他小心地整理好錢交給媳婦，然後苦思冥想，但怎麼也找不到答案。

口袋裡紙灰出現的次數越來越頻繁了，劉有良每天都在惶恐不安中度過，但他始終沒有對桂蘭說過。

農曆八月初六，劉有良的表妹出嫁，他要去幫忙，桂蘭在家守店。一早起來，劉有良心中暗暗祈禱，今天媳婦收錢，可千萬別出現紙灰呀……

一整天，劉有良都是在忐忑不安中度過，挨到晚飯時分，他謊稱自己身體不好，就早早回家了。一路上，他騎著自行車拼命地往家蹬，全然不顧顛簸的泥路，連著摔倒了幾次。

回到店裡，看到桂蘭坦然地忙碌著，劉有良的心終於放下了，對媳婦笑了一笑。

桂蘭可吃了一驚，問道：「你怎麼回來這

麼早？又喝醉了是不？看看你，一身的泥土，臉還刮破了……」

劉有良聽著桂蘭的嘮叨，嘿嘿傻笑道：「我還沒吃飯呢——好餓。」

桂蘭疑惑地盯著他說：「咦，你怎麼會滿身大汗？好像一頭水牛犢子。」

劉有良用袖管擼了一下臉上的汗水，說：「還不是騎車騎的？吃晚飯吧，真餓了。」

關了店，吃罷晚飯，劉有良在廚房收拾碗筷，桂蘭在裡屋坐在炕上數錢。她已習慣了天天數錢，並且把錢整理得規規矩矩的。

突然，劉有良聽到桂蘭的驚叫聲：「啊……劉有良……」他的心一顫抖，趕緊扔下碗筷，奔進裡屋。只見桂蘭臉色慘白，瞪著一雙驚恐的眼睛，龜縮在炕頭角落，渾身發抖，那錢散在了炕上。原來，桂蘭數錢的時候，忽然發現一遝錢中整齊地夾著一張紙灰。

從此，桂蘭再也不敢收錢、數錢了，她每天無語地坐在店裡，注意著來往的客人，想從中發現什麼，可是一切異常現象都沒有，只是經常出現在錢匣子裡的紙灰依舊如故。

說來也巧，中秋節前幾天，桂蘭的一個表姐桂霞來幫她家秋收，要住上幾天。這一天的傍晚，太陽已經落山了，表姐妹兩個在小店裡聊天。這時，一個年輕的少婦來買奶粉和麥乳精，給了一張百元大票。

桂蘭說：「東西只有十七塊錢，這張百元大鈔可能找不開……」

少婦說：「你給找找吧，今天我沒有零錢。」

桂花就從錢匣子找零錢，而背對著櫃檯的桂霞聽到來人的聲音這麼熟悉，就回過頭去看。

這一看，可把桂霞給嚇壞了，「啊」的一聲尖叫起來，把桂蘭嚇了一大跳。

櫃檯外的少婦居然轉身遠走了。

等桂蘭轉回身時，少婦已經徑直往西南走了。桂蘭高聲喊道：「哎——找你錢！」

那少婦頭也沒回，消失了。

桂蘭疑惑地看著桂霞，正要說話，桂霞又驚恐地叫起來，指著桂蘭的手說：「快快快……快扔掉……」

桂蘭低頭一看，是一頁紙灰！

她恐慌地扔掉了紙灰，緊緊地抱住了桂霞，顫抖地問道：「表姐……你怎麼認識她……」

桂霞說：「她……她就是今年春天……已死去的趙小民的媳婦……春芝……」

桂蘭目瞪口呆。丈夫劉有良還在地裡沒有回家，左鄰右舍的鄰居聽到兩個女人的尖叫聲，紛紛圍過來打聽究竟。

驚魂未定的姐妹倆就把剛才的事情經過講述了一遍，桂蘭還把最近這半年的紙灰事件說給大家聽。有的人將信將疑，有的人腿在發抖。

第二天，桂蘭、桂霞和劉有良一起去了趙家村，找到趙小民敘說了前後經過，趙小民半信半疑，決定上媳婦的墳上看看，聽到消息的村民們也跟著去了。

剛走近樹林邊，人們忽然聽到了一個孩子的哭聲。而這附近是沒有人家的，哪來的孩子？側耳細聽，是樹林裡發出來的。趙小民順著哭聲跑去，人們也跟著跑去，一會兒就來到了長滿蒿草的墳墩旁，而那哭聲居然是從墳裡傳出來的。趙小民發瘋一般用手挖著墳上的土。跟來看熱鬧的人見狀，轉身跑回村裡拿來了鐵鍬和鎬頭，大家一起，七手八腳的幫助起墳。

很快，墳上的土被挖開了，露出了還很鮮豔的棺木。孩子的哭聲就是從棺木中傳出的，他還在使勁兒地哭。

人們幫助啟開了棺材蓋，趙小民哭著撲了過去。

只見棺材裡的春芝猶如熟睡一般，身邊坐

著一個五六個月大的男孩，赤身裸體，號啕大哭。趙小民迫不及待的抱出了孩子，緊緊地貼在了胸前，在孩子滿是淚水的小臉上親著、哭著。

然後，趙小民把孩子交給身邊目瞪口呆的弟弟，他要去看看妻子是否也活了？所有的人們都聚在棺材邊上，驚奇地看著、議論著。

趙小民彎下身子看著熟睡一般的妻子，她身上穿的大紅麻線棉襖還是那樣的鮮豔。他正要伸手去扶妻子，只覺得眼前人影一晃，疑惑地隨著那人影看去，圍觀的人們似乎也看到了，這時孩子卻不哭了，咯咯咯的笑了起來。

可是，一錯眼，那人影不見了。

當趙小民和大家的目光再轉回到棺材裡時，發現剛才還是鮮紅的棉襖已經變得黑乎乎了，並且已經爛掉，零碎的破布和爛絮下面只是一具骷髏——剛才猶如熟睡的春芝轉眼之際只剩下一具苫著破布破絮的骷髏了。

趙小民趴在棺材上失聲痛哭道：「春芝……這是怎麼回事呀……春芝，你一個人能在棺材裡生下兒子……還把兒子撫養成這麼大……你為什麼不能活下來啊春芝……」

哭聲淒慘而悲切，撕心裂肺，催人淚下。

身邊的人們流著淚水，把趙小民拉到一旁，蓋好棺材，埋上泥土，再一次埋葬了春芝。

孤島鬼緣

一

陳蕾覺得皮膚被太陽曬得火辣辣的疼，她幾次想睜開眼睛，可卻是那樣的疲憊無力。這樣的身不由己，是不是在夢裡？陳蕾想不起來是怎麼一回事，大腦一片空白，而且頭疼欲裂。

一陣涼風吹過，陣陣的海浪拍打著陳蕾的身體。昏昏沉沉的陳蕾感覺到了水的衝擊，這是怎麼回事？她猛地坐了起來。當波濤滾滾的海水和噴薄而出的紅日映入眼簾的時候，陳蕾哭了。她從海浪裡站了起來，又一個兇猛的海浪撲過來，她虛弱的身體經受不起這樣的衝擊，她又摔倒了，身下濺起了水花，陽光下水花濺落如同珍珠入水般美麗，可是她卻無心欣賞，悲哀佔據了她的心。淚如雨下的陳蕾在極度的悲哀中想到了死，於是她閉上眼睛任憑海浪的撲打而無動於衷。

忽然，雙親那期盼的目光在腦海裡清晰地

閃現而來，陳蕾叫了聲「媽……爸……」想起了爸爸媽媽，陳蕾掙扎著站起來，沙灘就在離自己一米多遠的地方，她向岸邊艱難地游過去。

終於游到了沙灘上，陳蕾放眼四周，眼前是個小島嶼，一個孤零零的小島。

陳蕾腹腔裡空落落的只剩下內臟，眼下要解決的是先找點充饑的食物來，她休息了一會，站起來向海島上走去。

陳蕾步履艱難，每走一步都覺得天旋地轉，渾身酸痛得幾乎令人窒息。求生的欲望會帶來超常的毅力，陳蕾不知用了多長的時間，在山坡下找到了一些不知名的野果。這些野果有雞蛋黃那麼大小，看上去很飽滿。陳蕾已管不了那麼多了，趕緊摘下一個，用手擦了擦就吃，味道十分鮮甜，從來沒有吃過這麼美味的水果，陳蕾一口氣吃了好多個，漸漸地覺得有了些力氣。陳蕾依在岩石上，仔細端詳著這些奇異的野果，那果子光潔的皮上有星點的紅斑，橢圓型的果子掛在拇指粗的藤上，果藤上的葉子是楓葉型，墨綠色的葉片上有一層細密的絨毛。

然後，陳蕾慢慢地站起來，仔細打量眼前這個孤島。

二

這座孤島，看不到人煙，蔚藍的大海上沒有一艘船駛過。這是什麼地方？距離自己的家鄉有多遠？距離城市、鄉村有多遠？怎樣才能回到父母身邊……想不明白的陳蕾無助地看看大海、看看孤島，放聲哭了起來。

陳蕾一邊流淚，一邊尋找可以安身的地方。工夫不負有心人，她終於找到了一個山洞，似乎很大很深，望進去漆黑一片。她不敢貿然進去，在洞口觀察了許久，試探著走進洞去。走了十來米，忽然聽到叮咚的泉水聲，藉著微弱的光線，看到有條一米多寬的水流，不知深淺，便停下了腳步，四下打量了一下，覺得這兒可以暫時安身了。

陳蕾回出山洞，要去找些充饑的東西。想起上岸時吃的果子味道不錯，可以充饑解渴。正要往山下去岸邊時，她突然發現在山洞不遠的地方，有一大片那種岸邊的野果，心裡一喜，解渴充饑暫時沒有問題了。

夕陽慢慢地消失了，整個海島轉眼一片漆黑。陳蕾小心翼翼地走進了山洞，找了個較為平坦的石頭坐了下來。在海風的吹動中，島上的樹林發出嗚咽的響聲，海浪拍打著岩石，在山洞中迴響恐怖的撞擊聲，獨自一人的陳蕾膽戰心驚地坐在黑暗中，心裡暗自祈禱菩薩讓她早日回到父母身邊，快快回到人間，遠離這與世隔絕的孤島。

不知不覺中，陳蕾睡著了。迷迷糊糊中，看到幾個面目猙獰的人出現在她的面前，他們個個身高一米八以上，穿戴打扮是電視裡看到的古代衣著。有的手裡拿著利劍，有的手裡拿著寶刀。再仔細看時，忽然發現眼前只有白刷刷的骨架立在她的面前。有一具骷髏對著陳蕾兇狠地說：「你是什麼人？為什麼跑到我們家門口？——給我出去！」深陷的眼眶沒有眼珠，只有幽藍的寒光在閃爍。說話的時候是骷髏的腮骨在上下擺動，聲音是陰森古怪的。幾具骷髏猙獰地抓起陳蕾一、二、三地喊著要把她扔在外面。無比恐懼的陳蕾想動又動不了，想說又說不出，突然想起媽媽說過的話，於是就默默念起了六字真經：南無阿彌陀佛……南無阿彌陀佛……她連續不斷地念著經，那些面目猙獰的骷髏隨即消失了。

陳蕾驚出一身大汗，醒來了，跳出洞口。

失魂落魄的陳蕾，似乎聽到自己上下牙磕碰的聲音，汗水如雨，手腳冰涼。骷髏是消失了，可那種無以復加的恐懼正侵蝕她的靈魂。黑色的夜幕中，彷彿十面埋伏一般，險象環生。仰起頭望天空，只有幾顆星星難得露一下面就被雲彩所遮擋。

陳蕾下意識地看了一下手錶，時針指向午夜零點。她摸索著找了塊岩石，跌坐下來，不敢合眼。

當晨曦初露，陳蕾的心開始平靜下來。白天的孤島，是沒什麼可怕的。陳蕾走到海岸邊，大海一望無際，不要說航船，就是打漁的小船也沒有。陳蕾的心情有點絕望。

又到了夜晚，陳蕾再也不敢去山洞了。於是，她就在岸邊找了一塊避風的巨岩，坐了下來。時已初夏，天氣並不寒冷。處在大海之中的孤島，除了漆黑還是漆黑，似乎是人間末日一般。

陳蕾遠望大海，雖然看到的只是黑暗，她還是懷著一絲絲希望，對著大海東張西望。

突然，陳蕾看到海上有亮光一閃，然後似乎在跳躍。她驚喜地跳了起來，有了亮光，說明有人了，有了人就有希望了。她定睛仔細看去，覺得那亮光是幽藍的光，好似鬼火一般，閃了幾下就消失了。不一會兒，又有幾束幽藍的亮光在跳躍著，並向這孤島方向逼近。

希望與驚恐同時纏繞陳蕾的心頭，她緊張地蹲在暗處，抱著雙臂，一眼不眨地注視著海面。終於，陳蕾看到燈火齊明，一艘航船進入了視線。船上的燈光是那麼的明亮，燈光下有人在忙忙碌碌地走動。

陳蕾激動地躍到岸邊，把雙手做喇叭狀，對著船兒的方向拚命地喊著：「——救命！」

馬達聲中，船兒向岸邊駛來。船兒快靠岸時，陳蕾看到船艙裡走出來一個三十多歲的人，身高在一米八左右，穿著羽絨服，身後跟著六七個也穿著羽絨服的人。陳蕾有些納悶：現在是初夏，這些人是從哪裡來的？為什麼穿著冬天的衣服？

她顧不得多想，狂喜的心情難於言表。終於看到船兒、看到人了，終於可以離開這荒蕪人煙的孤島了。陳蕾興奮地哭喊著……然而，就在這時，馬達聲噶然而止，燈光消失了，除了聽到濤聲依舊，眼前一片黑暗。陳蕾的心也沉了下來。

陳蕾正疑惑著，馬達又重新轟鳴了，燈光也重新亮了起來。陳蕾驚喜地又喊了起來，她看到船上那個男人對著她微笑了一下，還擺擺手。他的面孔怎麼這麼熟悉？似乎在什麼地方見過。陳蕾顧不得多想，向船兒奔去。

奇怪的事情又發生了。陳蕾驚愕地看到那船兒忽然飄了起來，懸在了半空中，那個微笑的男人與其他幾個隨從，臉上充滿了恐懼的神情。轉眼之間，陳蕾看到飄浮在半空的船隻很快飄向了遠方，漸漸從視線裡消失。

海面上又恢復了黑暗。陳蕾抬腕一看，手錶的夜光針又指向了午夜零時。

強烈的海風襲向孤島，接著雷雨交加。又累又困的陳蕾顧不得恐懼，逃往那個山洞避雨。

陳蕾依坐在石頭上，山洞內很安靜，山洞外風雨交加。不知不覺，陳蕾睡著了。

是一陣嘈雜聲驚醒了陳蕾，她惶恐地睜開了眼睛。聲音是從山洞水流處傳來的，叮叮噹噹的鐵器碰撞聲很清晰。尋聲望去，只見山洞深處飄忽著幽藍的光，忽上忽下地竄動。陳蕾在這孤島經歷了多次奇遇，恐懼感已有所減少，或者說她已有點習慣了鬼怪作祟。她正仔細地看著，那些幽藍的光向她飛來，眨眼就到了陳蕾的面前，啊！又是穿著古裝的男人，手裡提著寶劍，身體放著藍光，似是通體通明，只有骨架上頂個骷髏。

兩具骷髏同時把寶劍架在了陳蕾的脖子上，異口同聲地問：「你是什麼人？為什麼來到我們這裡？是來搶寶藏的嗎？」

陳蕾的心已吊到了嗓子口上，趕緊分辨道：「不是——我不是來搶寶藏的。」

「那你為什麼會跑到這個荒島上來？」

「我是被人陷害，落入大海，被沖到這島上的。我可不要什麼寶藏，我只要早點回家。」

兩具骷髏聽了陳蕾的話，收起了劍，語音也緩和了說：「是這樣嗎？那你說，你是怎麼被害的？」

「好吧。」陳蕾努力使自己平靜下來，她知道自己勢單力薄，無法對付這些鬼怪。她也相信，只要自己沒有威脅到它們，它們也應該不會傷害她的。

她歎了口氣，說道：「我……和我的男朋友是大學同學，我們相戀了五年……」

一個骷髏打斷陳蕾的話：「你一個姑娘家還去上什麼大學？什麼是相戀？」

陳蕾說：「現在的姑娘小夥都一樣，都可以上學堂，不分男校女校，相戀就是戀愛呀……」

那骷髏打破沙鍋問到底：「什麼是戀愛？」

陳蕾想了一會，說：「就是古代的私定終身。」

骷髏發出古怪的笑聲，說道：「你這個女子怎麼這樣傷風敗俗？婚姻大事從來都是媒妁之言，父母之命，怎麼可以私定終身？」

陳蕾哭笑不得：「都什麼年代了？我們現在都是自由戀愛，婚姻自主。你說的已經是老黃曆了——對了，你們是什麼朝代的？」

骷髏說：「我們是明朝嘉靖年間離開家鄉流落到這兒的。」

陳蕾吃驚的說：「你們是明朝的呀，離現在快五百年了，怪不得你們的思想……」

「五百年？這麼久遠了。現在是什麼朝

代？皇帝的年號？」

骷髏顯然也很驚訝。陳蕾知道一時半會難以對他們說清楚，就簡單地說：「現在是西元二〇〇〇年了，沒有皇帝的年號。」

骷髏似乎點了點頭，說：「哦……原來這樣啊……這個不說了，你還是講講你被害的事情吧，也許我們能幫上什麼忙……」

陳蕾陷入了悲傷的回憶中，敘述自己的故事……

我和我男朋友是大學同學，畢業後他在市委做秘書，今年升為辦公室主任。我們相戀五年，準備今年國慶結婚。可他卻始終是眉頭緊鎖、悶悶不樂，經常長吁短歎。我問他為什麼，他總是說工作煩、工作累之類的話。前幾天，正好是假期，我陪他一起出來散散心。可是沒有想到他竟然要害我。

就在這島的對岸，我們在懸崖邊欣賞海景。他對我說：「陳蕾，我不論做什麼事情都是無奈的，請你不要怪我，無論如何我都是愛你的，請你原諒我！」

我當時還沒有明白他說話的含義是什麼，就說道：「看你說的，我知道你工作上很煩很累，我不怪你，我更知道你愛我，否則我怎麼會決定和你結婚呢？」

就在我話音剛落時，他手指前方說：「快——快看，好美呀……」我順著他手指的方向看去，就在這時，他狠心地把我往懸崖外推了一把，似乎聽到他說：「陳蕾……別怪我狠心……」

我從懸崖上急速下跌，深淵之處是岩石、是大海。我的心底充滿了絕望。突然，我舞動的手抓住了懸崖壁上一棵小樹，求生的欲望使我拚命地拉住樹枝，然而樹枝太小，承受不住我的重力，在我掙扎的時候，親眼看到樹枝一點一點地斷裂了，瞬間我又向深淵墜落，然後在巨大的水聲中，我什麼都不知道了。等我醒來的時候，就在這個孤島的岸邊了……

持青銅劍的骷髏「呸」了一聲，說道：「竟有這樣的惡人！要是讓我碰到那小子，我就一劍送他見閻王。」

執紫銅劍的骷髏說：「看你這小子，害人性命成了家常便飯。」

「你殺的人還少嗎？我的性命就是毀在你的手裡。」

「我是中你的毒而亡的……」

兩具骷髏爭吵著，又舞開寶劍，廝打在了一起。

陳蕾高聲喊道：「不要打了！」

兩具骷髏立刻跳出圈外齊聲問道：「為什麼？」

陳蕾說：「你們都打了幾百年了，什麼樣的冤仇也該化解了，為什麼生生死死廝打不息？——我似乎覺得你們生前都是俠客，把你們的恩怨說出來，讓我這個後人評論一下你們當年的誰是誰非。」

兩具骷髏便說：「好啊，我們就讓你給評評理，誰是誰非總該有個了斷。」

兩具骷髏各自先介紹了一下，陳蕾這才得知他們是同門師兄弟。持青銅劍的骷髏姓趙名建文，法號玄明。執紫銅劍的骷髏姓張名富有，法號玄潮。

兩具骷髏看了看天色，對陳蕾說：「時辰已經到了，我們得歸位，明天再來。」

話畢，藍光一閃，閃進山洞的裡面不見了。

陳蕾心想，這人與鬼只是生存在兩個世界，本性其實是一樣的，有善的一面，也有惡的一面。

想著想著，她睡著了。這一覺，陳蕾睡得很舒服。

她醒來時，已經是上午十點多了。她出了山洞，收集了許多枯草，她要想方設法取火煮食，老是吃那些野果，力氣也減弱了。回到山洞，她把枯草搓成草繩備用。

夜深人靜時，兩具藍光閃爍的骷髏又來了。即使是面對兩具骷髏，儘管感覺到陰冷的寒氣，陳蕾已不是很害怕了。

法號玄明的骷髏講起了自己與玄潮的恩怨舊事。

三

話頭還是從我們出家的玄武寺說起吧。

因為我小時候父母經常生病，有個算命先生說是我命硬相剋，只有把我送出去，我父母的身體就會好。在我六歲那年，父母把我送進了玄武寺。

靜善方丈仔細端詳了我一番之後，對我父母說：「這個孩子是練武的料，與我另外兩個徒弟一樣，都是臍式呼吸法，只要精心調教，一定能夠成材的。這樣吧，就讓他做我的徒弟，也算是我收的關門弟子了。」

就這樣，靜善方丈做了我的師傅，我是他的第三個徒弟。那個時候，大師兄玄潮已經十八歲，我的二師兄玄度九歲。

在玄武寺，我開始學習氣功和武功。說到武功，我還要交代一下所學武功的來歷。

在我們玄武寺，有一顆鎮寺之寶，就是「法龍珠」。這顆寶珠，並非絕世珍寶，然而，這顆寶珠據說隱藏了一個秘密：祖師旋巨集法師獨創的天下無敵旋宏劍法，就與這寶珠有關。旋宏劍法傳到我們這代，已經是第五代了。玄武寺的每一個掌門方丈長老，以旋宏劍法在歷屆的武林大會上，獨佔鰲頭，武林第一非玄武寺莫屬。

旋宏劍法，一共是六十四路三百八十四招。旋宏法師的招式與眾不同，其他劍道一路四招，旋宏劍法是一路六招。故旋宏劍法攻守變幻莫測，獨闖江湖無人能抵擋。

旋宏法師生前規定，玄武寺的方丈為旋宏派的掌門，才能擁有全套的劍法。玄武寺的弟子按輩分，最高的擁有兩百五十四招。雖然少學了一百多招，可江湖中有幾人能敵得過呢？寺裡的小弟子最少也會個百十來招，當然也不得了啦。

經過二十多年的苦練勤學，我們師兄弟的武功已經嫻熟自如了。我三十一歲那年，我們的恩師靜善方丈圓寂了。在此之前，老人家已把方丈之位傳給了二師兄玄度，全套旋武劍法也傳給了他。

作為弟子，我也很渴望學到全套旋武劍法，但我尊重祖訓寺規，何況以二師兄的為人，實是當之無愧的。

大師兄玄潮心理很不平衡，一向以來，精明能幹的他，武功僅次於二師兄，也已出神入化了。沒有想到，師傅會把掌門的位子傳給比他晚進寺五年的師弟玄度，他朝思暮想的全套旋武劍法也只能空思量了。

要是沒有江湖上武林中人虎視眈眈的暗算，我們玄武寺的悲劇也許不會發生了。

大師兄玄潮有個表弟李權在宮裡當差，會得一身好武功，為人又聰明伶俐，故深得皇上喜愛，是宮中的紅人，經常出門在外替皇上辦事。有一次，他來到玄武寺，逗留了好幾天。

相安無事。

這天，大師兄玄潮陪著李權來到方丈室，向二師兄玄度道別。李權對二師兄說：「這些天在貴寺，多有打擾，因宮中有事召我回去，特來辭行。」他還送了二師兄兩盒西湖龍井茶，二師兄當然不會隨便收受他人禮物。

玄潮笑道：「師弟，我表弟的兩盒茶葉不成敬意，收下吧！」二師兄依然擺手拒絕。玄潮打開一盒龍井茶，說：「師弟，這是貢品好茶，你聞聞味道……」

這時，一股奇異的香味擴散開來，二師兄知道不好，有毒！趕緊閉氣並一掌把玄潮和李權打出門去。然後，打坐運氣要逼出已吸進的毒氣。

門外的李權和玄潮爬了起來，驚恐地逃走了。

我正要來到方丈室，看到玄潮與李權倉皇出逃，十分疑惑，急匆匆奔進方丈室，臉色灰青的二師兄正在運功。我緊張地問道：「二師兄，怎麼啦？」

二師兄收了功，讓我坐下，從床頭櫃子裡取出一隻檀木匣子，交給我，凝重地說道：「這裡面是我們旋武劍的全部劍法，你要好好珍藏，把我們的旋武劍發揚光大。」

我推脫道：「二師兄，你是方丈，是咱們旋武劍的掌門，我怎麼能保管旋武劍法？」

二師兄臉色沉重，說：「玄明，大師兄與他表弟心懷不軌，我已中了他們的毒，得三天才能排出。如果排不出毒，七七四十九天後我就會毒發而終。——現在我要把玄武寺的方丈之位傳給你，把旋武劍的掌門傳給你。你不得推辭！」

我聽了二師兄的話，方知情勢危急，便跪了下來，接過檀木匣子。二師兄又把旋武劍的秘訣教授給我。

然後，二師兄把乾坤劍鄭重地遞給我，說道：「你立刻把寺裡的弟子帶走，到十公里以外的真如寺避一下，三天後方可回來，不得違命。為了玄武寺和眾弟子，你要記住，不論發生什麼事，都不許回到寺裡來。」

我著急地說道：「不行，二師兄，我們要同生共死。」

二師兄揮手道：「大師兄與他表弟絕不會善罷甘休，就讓我一個人對付他們，千萬不能對弟子們造成不必要的傷害。」

我怎麼能捨棄二師兄與寺院而逃命呢？可是二師兄說：「別看我已中了毒，他們要想搞定我，沒那麼容易。快走吧──不得違命！」

我只好領命離開方丈室，帶領眾弟子離開了玄武寺。此時，玄潮與他帶的幾個弟子早已不見了。

第二天晚上，二師兄獨自一人在方丈室繼續運功逼毒。那個李權偷偷地出現在方丈室門口，不由分說，他向二師兄連發了三隻毒鏢，二師兄聽到聲音已收了功，而毒鏢就到了。

李權的毒鏢也夠陰毒的，面門、胸口和右肩。而二師兄躲過了面門和胸口的毒鏢，左躲右閃間，二師兄的左肩中了毒鏢。

李權跨進門來，奸笑道：「我說玄度啊，你要是現在把劍法秘笈拿出來，我可以給你解藥，如若不然，哼哼……一個時辰以後，你就會毒發身亡。我的毒與眾不同，你越是運功毒走的越快，到時候我把你廟裡的眾弟子斬盡殺絕，我就可以獨霸武林了。」

二師兄冷笑了一下。

李權怒道：「實話告訴你，不要心存幻想，今天各路武林高手都已經到場了，我就不相信鬥不過你。」

二師兄一聲浩歎：「我已經知道各位都來了，為什麼要鬼鬼祟祟地躲在房頂上？既然有這麼武林中人來陪我，我很滿足了，謝謝各位了！」

這時，李權發現二師兄老是用眼角的餘光飄向房樑上，他定睛一看，只見房樑上懸掛著一個檀木盒子。他頓時明白了，哈哈一笑：

「玄度，現在你可是沒有本事保護你的寶貝了，還是我來替你保管吧……哈哈……」

二師兄中毒已深，別說運功了，就是連伸一下手腳，已覺得裂骨斷筋般的疼痛。他使了全力，聲音宏亮地說：「李權，你這個無恥的小人，不要得意太早，外面還有那麼多的英雄好漢呢，我想你今生今世都得不到玄武寺的寶貝了。」

李權洋洋得意地說：「呵呵，玄度——看我的……」說罷，飛身直取房樑上的檀木盒子。

潛伏在房頂上的武林高手聽得真切，李權要獨佔旋武劍法秘笈，立即飛奔下來，直闖方丈室。這時，李權已經竊得了檀木盒子，眾人圍了上去，突然一聲震天巨響，把方丈室與眾人炸上了天。

當時，我與寺院弟子正在十公里以外的真如寺暫息，整天整夜擔心二師兄的安危，驚天動地的爆炸聲從玄武寺方向傳來，我們都聽得十分清晰。顧不得二師兄的嚴命了，我帶著弟子們飛奔回來。

玄武寺已經物非人非了。我與弟子們倒地慟哭。

然後，我們把二師兄的身體整理好，設了靈堂，予以拜祭。並掩埋了現場的屍體，把炸毀的寺院清理了一下。

玄武寺旁邊有個孤寡老人，對我們說，在玄武寺爆炸前，曾經看到大師兄玄潮帶了幾個人，偷偷來到寺院，捲了很多東西乘船逃跑了。

我想，玄潮定是把寺院裡的珠寶捲走了，而修復玄武寺、振興旋武劍法，需要大量的金錢。於是，我讓幾個年幼的弟子看管殘缺的寺院，自己則帶了六個弟子去追回玄潮。

我們租了船隻，在海上各個島嶼尋找玄潮。有一天遇到了大風，就上了這個孤島避風，找到了這個山洞，沒有想到踏破鐵鞋無覓處，得來全不費功夫。玄潮與他帶來的弟子都躲在這個山洞裡。

仇人相見，分外眼紅。我不由分說持了乾坤劍就衝殺過去，兩人廝打在一起，雙方的人馬也混戰起來。雖然長途顛簸，身心勞累，可我已經掌握了旋武劍法的精髓，以玄潮的武功，當然落了下風。就在我的劍刺進他心窩的時候，他把手一揚，接著一股清香飄滿山洞，山洞裡所有的人都中毒了。

我雖然竭盡全力運功逼毒，但是這毒已深入骨髓，其他人都已死去，我撐著虛弱的身子，去尋找玄潮捲來的珠寶，終於讓我找到了。這批珠寶是寺院恩師靜善方丈家裡的寶貝。靜善方丈是個富商之後，他看破紅塵，削髮為僧，重振玄武寺，家中所有的珠寶都帶到了寺院。玄武寺的弟子們都知道這批珠寶以及來歷，從來沒有人輕易動用。

我把這批珠寶與檀木盒子包在一起，還寫清了來龍去脈，埋在了這個山洞裡。裝有旋武劍法秘笈的檀木盒子，已用蠟封好了，就是過了千百年也不會受到損傷的。我想，要是碰到有緣人，就會得到這批寶貝的。

四

陳蕾聽完了玄明的講述後，異常氣憤地指著玄潮的骷髏說：「你見利忘義，殘害同門，還把掌門方丈給害死了，怎麼能這樣做？」

玄潮聽了，似乎慚愧地低了一下頭，然後喃喃說道：「其實我……我是冤枉的，我也是被蒙蔽了……」

玄明激動地說：「誰在冤枉你？你作惡多端，犯下了滔天大罪，還要狡辯？」

玄潮低沉地說：「我不承認殘害同門，更沒有禍害二師弟……當然，那批珠寶是我偷來的……」

陳蕾一聽，玄潮也是有話要說，就對玄明說：「玄明前輩，我們一起聽聽玄潮前輩怎麼說，有些話還是說明白的好。」

玄潮沉思了一會，緩緩地揭開了往事一頁。

五

想當年，我父親和李權的父親都是朝廷命官。還有一個好友叫范徵，一起同朝為官。不料，官場險惡，有一次我父親得罪了皇妃的父親，大禍臨頭，皇妃命人參奏我父親，誣指我父親「謀反朝廷」。皇上念我家三代為官的份上，法外開恩，沒有滅了九族，而是全家問斬。李權的父親挺身而出，冒死向皇帝奏本，說我父親是遭人陷害。但是他怎麼能鬥得過皇妃家族？結果落了個同案罪，我們兩家都遭遇了滅門之災。

我父親的好友范徵在關鍵時刻沒有幫他一把，反倒是和奸臣一道誣陷我父親和李權的父親。為了表現自己對皇帝的忠心，他請命查抄我和李權的家。那些奸臣們當然是極力推薦范徵去抄家的，他們想看看當年的好友是怎樣親手殺光他們全家的。

范徵領兵查抄了趙家與李家，在問斬人犯時，設計放過了我與李權。後來我們才明白，范徵范大人是一片苦心，忍辱負重，如果是其他官員領辦此事，必定會斬草除根，只有他表面上與奸臣們同流合污，才有可能保住忠良後代。我的父親與李權的父親在臨刑前，已得知了范徵的良苦用心。

實際上，我父親「謀反朝廷」是莫須有的罪名，後來皇上下詔予以平反。我削髮為僧，出家到了玄武寺，準備練好武功，為冤死的親人們復仇。而死裡逃生的李權淨了身入宮做了太監，想方設法討好皇帝，伺機報仇。

後來，新皇帝登基，斬殺了奸臣，我們的仇總算是報了。

我出家以後，很少與俗世中人來往。李權也不例外。他做他的宦官，我做我的和尚。

那次李權突然來寺裡找我，多年沒見的患難之交，也是世交了，再說他一家是為了我爹而被害的，所以他一到寺院，我就熱情招待。二師弟聽說了我們的特殊關係，對李權也很好。

其實我真的不知道李權來玄武寺是另有目的，我真的不知情啊。我想，二師弟至死也在怨恨我。

我不知道那茶葉裡是有毒的。在去二師弟的方丈室前，李權拿出一盒茶葉，我倆泡飲了龍井茶，確實是上等的好茶，李權說這是皇帝貢品。李權還說，這些天在寺裡打攪，要送給二師弟兩盒茶葉，以表達謝意。

當我與李權被二師弟打出方丈室，落荒而逃後，才想到茶葉有毒。在寺院外，我厲聲質問李權，他承認了茶葉中放了毒，說給我喝的茶葉，已放了解藥，所以我才沒有中毒。我罵他害我不仁不義。李權勸我：「這個玄武寺，表哥你是待不下去了，就是跳進黃河也洗不清了，你的師弟是不會放過你的，還是趁早逃命吧。」

然後，李權給了我一包毒粉防身之用。

我想想已沒有回頭之路了，決定逃離玄武寺。可是，兩手空空，我能去哪裡安身？於是我就帶著我的弟子，趁著黑夜偷了寺院裡的珠寶乘船離開了。沒有想到，巨大的風浪把我們吹到了這個島上，船隻也已損壞了。我們幾個砍些樹木，準備修補船隻，繼續亡命天涯。可是，三師弟他們就趕到了，不容我分說，就打在了一起。

就這樣，我們都死在了自己師兄弟的手裡。

六

陳蕾聽了，歎了一口氣：「原來這樣。玄明前輩，你能原諒玄潮前輩了吧？」

玄明點了點頭，他說：「世事無常，陰差陽錯。」

玄潮說：「幸好有這樣的機會，把往事糾葛說開了，否則真是死不瞑目。」

陳蕾欣慰地笑了：「這樣多好！——對了，快五百年了，你們為什麼不投胎轉世？」

兩具骷髏說：「時辰已到，明天再來。」藍光一閃，消失了。

翌日午夜，兩具骷髏又準時來到。

玄明回答了陳蕾提出的問題，他說：「幾百年過去了，我們的屍骨沒有入土，我們的靈魂必須守著自己的屍骨，不能投胎轉世。入土方能為安。」

玄潮說：「是呀，我生前雖然偷來了玄武寺的珠寶，價值連城，可是到了陰曹地府，什麼用途也沒有的。人間的東西，只能是人間的。」

陳蕾意味深長地說：「你們兩個前輩話都說清楚了，是非曲直都已過去，化干戈為玉帛，佛家人更應該深悟佛法。」

玄明與玄潮相互點了點頭，以示贊同。他們一致說要收陳蕾為徒，把旋武劍法傳給陳蕾，否則天下第一的劍道就這樣失傳了，十分可惜。

正說著，忽然閃電雷鳴，把山洞照得雪亮，陳蕾看清了眼前兩具骷髏，但是現在她已沒有了恐懼感。

等到雷電消失時，陳蕾發現兩具骷髏也消失了。

天很快就亮了。陳蕾走出山洞，忽然聞到了久違的煙火，十分驚喜。原來在山洞外不遠處，有幾棵樹木遭到雷擊而著火了，正在冒煙。陳蕾趕過去，撿起地上燒焦的樹枝，對著冒煙的樹桿吹啊吹，居然點著了，她趕緊點燃了一把樹枝，又撿了根粗大的樹桿點燃，作為火把，跑回了山洞。

她要進入山洞深處，察看一番，把心中的結解開。

陳蕾舉著火把，越過那條一米多寬的水流，走出了十幾米遠，轉了一個彎，水往另外一個石岩縫隙流去了。她繼續往前走，看到洞壁邊堆著許多木塊，她撿了好幾塊木板，放在一側，用火把點燃了。

熊熊燃燒的火光照亮了山洞，陳蕾看到，山洞的空間好大，可以容納幾百人吧。

藉著火光，陳蕾小心地走上前去。這時，她看到了幾具骷髏，有的坐著，有的站立（依在洞壁上），有的躺著，奇怪的是，每具骷髏的手中緊握著兵器——清一色的劍。她留意地數了一下，一共七具骷髏。心中一動，這會不會是玄明前輩與他的弟子呢？仔細尋找了一下，她看到一具骷髏手中的劍依然是寒光閃閃，沒有一點鏽跡。而其他骷髏手中的劍都已銹蝕了。這應該是一把青銅劍，就是玄明前輩說的「乾坤劍」。

陳蕾上前取了青銅劍，對著骷髏深深一拜道：「玄明前輩，借用您的寶劍，我用來挖坑，然後讓您與弟子們入土為安，到時候物歸原主。」

陳蕾再走了幾步，十來米遠的地方，躺著四具骷髏，一樣的手握長劍，其中有一把寶劍寒光依舊。想來，這是玄潮前輩的紫銅劍。

陳蕾上前取了紫銅劍，對著骷髏深深一拜道：「玄潮前輩，借用您的寶劍，我用來挖坑，然後讓您與弟子們入土為安，到時候物歸原主。」

陳蕾又仔細觀察了一下山洞，看到山洞一

角堆了許多的陶瓷器皿，還有很多石蠟。她用劍挖了一大塊蠟，塗在火把上，又帶了一盆蠟，這才轉身回到洞口。

陳蕾出去找了些野果充饑，然後帶上兩把寶劍，在洞外找了塊向陽的平地，開始挖坑。她要把十一具遺骨埋葬好，才覺得心安。

陳蕾正挖著土坑，手中的青銅劍忽然挑出了一個蠟封的正方形盒子，想起玄明前輩說過的話，她的心一動，小心地用劍劃開了蠟，看到了一大堆的珠寶，還有一本繁體字的秘笈——這就是武林中人朝思暮想的旋武劍秘笈吧。她顧不得多想，先放在一旁，繼續挖坑。

陳蕾整整忙了一天，終於把十一個土坑挖好。正要回到山洞，看到了那一個正方形盒子，心想，這是前輩們的遺物，自己是不能動的。她又挖了一個坑，用蠟封好盒子，埋了進去。

回到山洞，天已黑了。又累又餓的陳蕾吃了點採來的野果，倒頭睡著了。

恍惚中，她覺得兩具藍光閃爍的骷髏來到了身邊。她趕緊起身道：「兩位前輩，今天我已挖了十一個坑，明天就掩埋十一具遺骨，讓前輩們入土為安，早日超生。」

玄明點頭道：「謝謝姑娘。我們有個心願，為了旋武劍法不失傳，決定收你為徒，把這套天下第一的劍法傳授於你，兩把寶劍也都贈送給你。」

玄潮朗聲說：「姑娘，還有那些珠寶都贈送給你，是師傅給你的禮物。」

陳蕾笑道：「我同意做前輩的徒弟，學習旋武劍法，以後還要發揚光大。只是那批珠寶，還是陪葬前輩們的好……」

玄潮打斷她的話說：「你這個傻丫頭，珠寶陪葬了多可惜，那陰曹地府是用不著的。——算是師傅送你的嫁禮，不要再推三阻四了。」

玄明頷首道：「姑娘，你與我們有緣，才有這番奇遇。一切不用多說了，咱們練劍吧！」

陳蕾雙膝跪地，作揖長拜：「兩位師傅在上，請受弟子一拜！弟子一定好好學習武藝，不辜負兩位師傅所望。」

然後，陳蕾隨著玄明、玄潮來到山洞外，點燃起火把，由玄明口授秘訣，玄潮指導劍法，陳蕾舞動乾坤劍，一招一式，認真練習。

猶如神助，陳蕾很快掌握了劍法，一把乾坤劍舞得虎虎生風，出神入化。

待到天明時分，陳蕾收了劍，回頭一看，玄明、玄潮已消失不見了。

七

陳蕾回到山洞口休息了一會，掌著火把來到洞內，挑了十一個陶瓷罐，擦拭乾淨，開始收拾遺骨。她分別把玄明、玄潮和他們的弟子的遺骨，輕輕地、細心地揀到陶瓷罐中，然後用蠟封好蓋子，又小心地把陶瓷罐搬出洞外，埋葬在昨天挖好的土坑中。

等到做完這一切，她累得倒在地上，看著這片墓地，總覺得還缺少了什麼，想了一會，這才想起來，應該給他們立個墓碑。

疲憊的陳蕾帶著乾坤劍，在島上尋找著可以做墓碑的石塊，可都是大塊大塊的岩石，找不到很合適的石塊。

她焦灼地看著岩石，忽然持劍削了下去——她只聽說過「削鐵如泥」，沒有想到「削石如泥」，劍到之處，岩石就削了下來——真是一把寶劍。

陳蕾興奮地舉著乾坤劍，削下了十一塊岩石，削成長方形，覺得不費之力，特意觀察了劍鋒，毫無損傷。

她把十一塊岩石搬到了墓地，以劍刻字，

在玄明的墓碑上刻字：「玄明前輩安息。旋武劍弟子陳蕾立。」在玄潮的墓碑上刻字：「玄潮前輩安息。旋武劍弟子陳蕾立。」在其他墓碑上統一刻上字：「玄武寺弟子安息。旋武劍弟子陳蕾立。」

十一座墳墓，十一塊墓碑，全部完工時，太陽又要下山了。陳蕾抱著乾坤劍，坐在墓地前，想起四百多年前玄武寺師徒們的生死劫難，不禁放聲悲哭。

這天晚上，她夢到了玄明、玄潮。他們已不再是兩具藍光閃爍的骷髏，而是衣著整潔、英俊瀟灑的兩個年輕小夥。

玄明含笑道：「姑娘，得你相助，我們心事已了，謝謝你。」

玄潮也神采奕奕地說：「姑娘，我與師弟都要轉世輪迴了。」

陳蕾聽了，笑顏逐開。

玄明、玄潮對著陳蕾作了揖，說道：「姑娘，我們告辭了。姑娘多多珍重。」

「你們……這就走了嗎？」陳蕾忽然湧上依依不捨之情，急急地說道：「我們還會見面嗎？」

玄明、玄潮說：「人海茫茫，縱是相逢應不識，一切隨緣吧。」

陳蕾伸手要拉住他們，但是抓了個空。她急得哭醒了過來，山洞內寂靜無聲，只有身邊的火把在幽幽地燃燒著。

含著淚水的陳蕾突然感到了虛空的失落。

八

陳蕾在接下來的日子裡，沒有了骷髏的相伴，感到了死寂般的孤獨。

她每天來到島嶼邊，大海一望無際，沒有見到過船舶，離開孤島的希望還不能夠實現。

天天採吃那些野果，覺得身體很虛。有一

天，她在岸邊，看到退潮以後，沙灘上有很多貝殼、海螺和牡蠣，她撿了很多回來，找了幾塊石頭，在山洞外搭了個灶，又去洞內取了個陶瓷的罈子，清洗乾淨後，把那些貝殼、海螺和牡蠣倒在一起，點火煮了起來。只要有了火種，柴禾是沒有問題的。

久違的人間煙火，讓陳蕾陶醉了。特別是海鮮的香味飄出了陶瓷罈子，使她覺得整個孤島都饞涎欲滴了。

這是上島以來，陳蕾吃得最舒心的一頓海鮮大餐了。

於是，她每天到海灘上去撿些貝殼、海螺和牡蠣，還有小魚小蝦，煮食飽餐。空閒下來，便舞動乾坤劍，練習旋武劍法。

在揪心的等待中，夢想的船舶還沒有出現在大海上。

這一天，海面上籠罩著皚皚霧氣，直到中午，濃霧還是沒有散去。在岸邊岩石上坐了半天的陳蕾歎了口氣，正要離去，突然聽到濃霧中傳來馬達的轟鳴聲，由遠而近。

陳蕾本能地高喊道：「救命啊——」

非常幸運，那船終於靠岸了。

真是謝天謝地。陳蕾興奮地向船兒奔過去，忽然又驚得停了腳步。因為她看到，船上似乎下了來十來個人，都穿著羽絨服。一個多月以前，陳蕾就是在這岸邊看到過的。她失望地歎息一聲。那些穿著羽絨服的人，從霧中向她走來。看不清他們的臉，更看不到他們的神情。與其說他們在走路，還不如說是那些羽絨服、那些皮鞋在飄動。

當然，陳蕾已不怕任何鬼怪了。她已覺得沒什麼可怕了。

很快，他們走近了陳蕾的身邊。陳蕾這才看清，那個為首的人，就是一個月前那個晚上向她招手微笑的人。

這個似曾相識的人，對著陳蕾笑道：「小

蕾，你好！」

陳蕾吃了一驚，脫口而出：「你是……？」

「我是李大勇，就是以前你家對門的李大勇。」

陳蕾一聽，不禁打了個寒顫。李大勇是她家以前的鄰居，大她五、六歲。她小的時侯，總是跟著李大勇跑來跑去的，在身後叫著大勇哥哥，後來在她讀小學的時候，他家搬走了，就失去了聯繫。前兩年在新聞裡看到公安部門通緝他，這才知道，李大勇與境外犯罪分子勾結販賣槍支被查獲時，打死了幾個公安逃跑了。

大約一年前，陳蕾聽說李大勇被抓捕歸案了，已經伏法。

這時，李大勇又笑道：「小蕾，忘記大勇哥了嗎？」

「沒有……」陳蕾下意識地說道，看到李大勇一行飄飄忽忽的樣子，疑惑地問：「大勇哥……你……你們怎麼會……」

李大勇直截了當地說：「是的，小蕾，我已是陰曹地府的鬼了，他們都是我的兄弟。小蕾不要害怕，我們是來救你的。」

陳蕾點了點頭。

李大勇接著講起了自己的故事。

李大勇一家是在李大勇讀初中時搬遷到了大城市的。他的父親是一個成功的商人，是個千萬富翁。在李大勇讀高一那年，他的父親與女秘書勾搭成姦的事，在當地沸沸揚揚。東窗事發之後，李大勇的父親執意逼著與妻子離婚，還把大部分資產轉移了，李大勇的母親絕望之下，服毒自盡。經此大劫，李大勇再也無心就讀，從父親那兒偷了一大筆錢離家出走了。他混跡於市井，與無賴們花天酒地，後來陷入黑道。由於他性情豪爽，揮金如土，很多道上的朋友願意跟隨他。一個偶然的機會，他們結識了境外的槍支販子，很快勾結一起，販賣槍子，財富滾滾而來，勢力越來越大。樹大招風，給公安盯上了。有一天傍晚在海上交易時，邊防公安包圍了他們。兩路人馬拚死與公安幹上了，各有死傷。李大勇一行人一邊開槍，一邊狂駛著摩托艇，在大海上倉皇突圍，沒有想到那夜狂風巨浪，把摩托艇傾覆淹沒了，李大勇與他的十幾個兄弟全部葬身大海。

一個月前，在枉死城服刑的李大勇偶然得知陳蕾流落孤島，有心幫她回家。可是他的刑期還有五天，未經請示閻君，救人心切的他帶了弟兄們，偷了大船，來到了孤島。剛要上岸，閻君派人把他們抓了回去。——這就是陳蕾那天晚上看到的奇怪的事兒：那條船突然飄了起來，船上的人滿面恐懼。

李大勇他們被抓回去以後，閻君給加了一個月刑期，以示對私逃者的懲罰。

今天刑期剛滿，李大勇便帶了弟兄們匆匆趕來了。

原來是這樣。陳蕾聽了，十分感動。

李大勇說：「小蕾，因為在兒童時代，我們親如兄妹，我家那時很窮，經常得到你家接濟。所以我一定要報恩。你看到的這船，其實是紙船，只有鬼魂才能上去，而人是上不去的。我請求了閻君，他指示黑白無常從人間弄來一隻手機，這樣你就可以與海那邊的人聯繫了。你要記住，一定要先打一一〇，讓公安把你救出孤島。回到城市以後，再告發你的男朋友，他之所以要謀殺你，是因為他另有所愛了，很快就要準備結婚了。在你失蹤以後，家裡人都以為你死了，你男朋友又假惺惺地做了你父母的義子，他的真正目的是得到你家的財產。所以，你一定不要心軟，要讓公安把他繩之以法。」

陳蕾失聲痛哭。

李大勇安慰道：「小蕾，你很堅強，要接受現實，接受教訓，相信你會生活得幸福如意。」

「謝謝大勇哥……」陳蕾哽咽道。

李大勇把一隻手機交給陳蕾，說道：「我們時辰已到，就此告辭。小蕾，多多保重！」

陳蕾一錯眼，李大勇他們已消失在濃霧中，那船兒也不見了。

陳蕾對著大海喊道：「大勇哥，謝謝你……謝謝你們……」

這時，她欣喜地看到，濃濃的大霧瞬息間散去了，頓時，藍天白雲，海闊天空。

與鬼打仗的人

在關東大地上有個劉家莊，劉家莊有個做長工的放羊娃，他叫劉三娃，整天在荒野裡、草甸上放牧著羊群。劉三娃生性倔強，膽子特別大。在劉三娃十八歲那年的一個中午，他啃了點乾糧就在草甸子上躺著。春天的草好，陽光也好。羊群在草甸悠閒地吃草，而他悠閒地翹著二郎腿，仰面朝天，看著美麗的浮雲。

這時，劉三娃聽到有人在自言自語：「嘿嘿，我就要有出頭之日了，在這水裡我一泡就是三年，明天就好了，正晌午時就有人從北面來，頂著花籃來替我了。我可以出去投胎了。」

在這空曠的草甸上，根本沒有一個人，聲音應該是從不遠處的水池子裡發出來的。劉三娃一聽，就知道是怎麼回事了。膽大的劉三娃並沒有害怕，他在想一個問題，明天誰會到這荒草甸子上來呢？

天快黑時，劉三娃趕著羊群回去了。晚飯後，他在長工棚子裡早早的睡覺了。劉三娃是個孤兒，給東家放羊十來年了。

第二天一大早，劉三娃就趕著羊群，又來到昨天的草甸子上。他要看看水池子裡說的話是不是真的，如果是真的，他當然不能袖手旁觀。

時間剛到午時，只見從北面來了一個年輕的姑娘，看樣子是個千金小姐。她哭哭啼啼，頭上頂著一個裝滿野花的花籃，扭著三寸金蓮，搖搖擺擺直奔水池子。

劉三娃看到她馬上就要到水池子邊上了，還在往前走，便大吼一聲：「不要走了，會淹死你的！」

聽到這一吼，那姑娘立刻停住了腳步，也不啼哭了，似乎有點莫名其妙地看了看水池子，又看了看劉三娃，一個勁兒地發愣。這時，後面跑來了丫鬟，氣喘吁吁說道：「小姐，我看那裡的花兒很美，就採了回來，你怎麼一下子不見了？找了半天……小姐，你哭什麼？為什麼站在水池子邊……快過來……」她伸手把小姐拉開了水池邊。

「我……哭了嗎？」那姑娘還在發愣，抹了一把眼淚，說道：「怎麼回事？我為什麼要哭？怎麼會在這裡？」

劉三娃走上前去，把他昨天聽到的話和今天看到的事兒，對著小姐和丫鬟說了一遍，她倆千恩萬謝，謝他救命之恩。之後，丫鬟扶著小姐回家了。

就在這天晚上的半夜，睡夢中，劉三娃見一個滿臉是泥、面色烏青、沒有下巴的一個人衝進門來，氣呼呼地說劉三娃壞了他的好事，要找劉三娃算帳，因為好不容易有一個替死鬼，卻被劉三娃給說破了。

劉三娃說：「你知道水池子裡的日子不好過，為什麼還要別人做你的替死鬼？」

那鬼說：「有個替死鬼，我就可以投胎轉世了。」

劉三娃說：「我小時候聽媽媽說，正月十五在人枉死的出事地方送個燈，那麼枉死鬼就可以讓這燈替他值位了。今年正月十五，我給你送個燈吧，你就可以投胎轉世了。」

鬼說：「現在才四月，還要等半年多，我可沒有那耐心，那水池一天都不想待了。」

劉三娃說：「你就再堅持半年多，到時我一定給你送燈。」

那鬼偏偏不肯，雙方爭執起來，那鬼說要把劉三娃打殘了扔到水池子裡。

膽大的劉三娃當然也不示弱，一人一鬼一直打到雞鳴天亮。

第二天早上，劉三娃看到自己身上被打得青一塊、紫一塊的。

從此以後，劉三娃夜夜與鬼打仗，一身烏青。

一晃半個月過去了。這天傍晚，劉三娃在伙房借了一把劈柴刀藏在枕下，是夜鬼又來了。在對打中，劉三娃用力一刀，向鬼砍去。那鬼狂嗷一聲消失了，從此再也沒有來找劉三娃打仗。

大概過了一個月，劉三娃的東家來對劉三娃說：「劉三娃，從今天起，我家不用你放羊了！」

劉三娃一聽，著急地說道：「老爺，我沒做錯什麼事情，為什麼要趕我走？」一傷心，還掉下了眼淚。

東家笑道：「劉三娃，是你交好運了。東村的財主陳有富的獨生女看上了你，要讓你入贅做上門女婿。你哪裡還用得著給我放羊了？」

東家的一番話，讓劉三娃簡直不敢相信自己的耳朵了。

原來，那天劉三娃在水池子那兒救的那姑娘，是東村財主陳有富的獨養女兒喜鳳，陳有富視她如掌上明珠。聽女兒和丫鬟講述了令人不寒而慄的經過之後，陳家上下都很感激那個放羊娃，吝嗇的財主陳有富慷慨地拿出一隻金戒指，讓丫鬟去送給劉三娃，以報答救女之恩。

然而，喜鳳卻看上了濃眉大眼的劉三娃了，要嫁給他。陳有富怎麼會肯把千金小姐嫁給一個放羊娃。父女倆爭執不休，各持己見。

陳有富以父親的權威，脅迫喜鳳：「你要嫁給放羊娃，我死也不同意。」

而喜鳳見父親如此頑固不化，便來了個絕食抗爭。

到了第三天，喜鳳粒米不進。她娘著急了，哭求老爺。那陳有富最終無可奈何，答應了女兒的要求。

這樣，陳家拖了一個月，才來找到劉三娃的東家，說媒定親。

從此，劉三娃結束了長工生涯，成了陳有富的繼承人，一生享受榮華富貴。

劉三娃做了陳家的上門女婿，從窮小子變成了大富翁，可是他沒有忘記自己的諾言，那年的正月十五，劉三娃和喜鳳坐著車子，去荒草甸的水池子那兒，送了三個蘿蔔做的油燈。

討債

周正從十八歲就開始跟著別人盜墓，後來他自己與弟弟周良單幹。二十年的盜墓生涯，使他發了橫財，建造起了別墅，開著賓士，好不威風。這樣的生活，全賴於祖先留下的地下寶藏。可是，幹這行吃祖宗和子孫飯的勾當，周正絲毫沒有收手的打算。

在這秦始皇的故鄉、漢唐的發源地，從秦至漢，自漢而唐，青史幾朝代，秦川多少丘山？雖然舊日的輝煌，古人的烽火，早已熄滅在歷史的泥土深處，永恆如銀光鋪就的黃土，一寸寸、一層層地滲透進中華民族的歷史和傳統的土壤中，陝西這裡有世界最大的帝王陵墓、世界面積最大陪葬最多的昭陵、世界唯一的帝王夫妻和葬墓乾陵。還有司馬遷、班超、李淳風、孫思邈、顏真卿、柳公權、張載、楊業等歷代名家，也沉睡在這片土地下。

正因為如此，這黃土高原，為盜墓者提供了盜不盡的財寶，珍貴的古墓隨處可以找到。

這一天，周正在鄉間的麥田裡尋找著什麼，忽然眼前一亮，一塊稍微有點隆起的麥田裡，他看到了一條手指寬的裂縫。憑著多年的盜墓經驗，使他知道這是一個蘊藏著寶藏的地方，他便在腦子裡銘記了這個鄉野地段。

夜幕降臨後，周正與周良把盜墓用的小鐵鍬、小型洋鎬、軟梯、礦燈和運送泥土的小布袋，裝在一只旅行袋裡，由於擔心汽車或摩托車的目標太大，引起他人注意，就會壞了大事，所以他們各自騎著自行車，分別帶上兒子，來到了這塊麥田。

很快，經過嫻熟的挖土、運土……，四隻碩鼠在極短的時間就打了個僅能容納一個人進出的洞。盜墓最基本的要求是速度，時間就是財富，否則引來了他人，美夢便會破滅。

忙乎了六、七個小時，周正在十幾米深的地下用小洋鎬啟開了墓磚，消除了屏障，他興奮地看到了一副已腐爛的棺木。在礦燈的照射下，周正首先發現一副白骨的手腕上戴著一對玉鐲。他的眼睛發亮了，這是價值連城的古代玉器。他小心地揀起玉鐲，抹去污物，一副祖母綠的翡翠玉鐲，在燈光下閃著柔和的綠光，顧不得多想，便把這副玉鐲藏在了貼身的布袋裡。

周正每次盜墓，都會悄悄帶上特製的貼身布袋，每次都要私藏一些上好的古物。他的弟弟周良根本不會想到哥哥會如此做事。

周正把棺木裡覺得值錢的東西裝進布袋，然後傳給在洞口接應的弟弟。最可氣的是，周正臨走時，把不想帶走的瓷器打得粉碎。

四隻碩鼠滿載而歸，到家已經是凌晨四點多了。他們先清點贓物，然後二一添做五，各自分了應得的部分。分贓物的時候，周正總是很公正，從不多要一點。為此，周良很感激哥哥。

回到臥室，關上房門，周正悄悄拿出私藏的玉鐲在燈下欣賞。妻子吳美嬌從床上起來，看到這副祖母綠的翡翠玉鐲愛不釋手。周正用清水仔細地清洗了一遍，然後給妻子戴在手腕上。

吳美驕躺在床上依偎在丈夫懷裡說：「老公，你真行，這次收穫不小吧？看來又是個有錢的主。」

周正沒有絲毫的睏意，摟著老婆得意地說：「那是當然，就憑我周正能找那些窮鬼的老家嗎？這回我們又可以做個好買賣了。」

第二天午夜，周正被妻子的尖叫聲驚醒了，他趕緊打開燈，發現妻子滿頭大汗地坐在床上，驚恐地摘下玉鐲。

周正輕輕拍著妻子的後背，問道：「怎麼了美嬌？做惡夢了？」

「我可不戴這副鐲子，剛才……剛才我夢見一個老女人向我要玉鐲。」吳美嬌餘悸未消地說：「她說我戴的鐲子是你偷……偷她的，那是她的定情物，已佩戴一生了，讓我還給她……還一下子變成青面獠牙的惡鬼向我抓來……我可不要了，給你吧。」

周正笑了，安慰妻子道：「原來是這樣……她想的挺美，都剩一堆骷髏了還念念不忘定情物，真是個風流女人多情種。我明天把它賣了，我看她還到哪兒去要！」

盜墓賊周正現在已是盜墓有方、銷贓有路，名揚江湖。沒過幾天，贓物全都高價賣出。那副玉鐲，更是賣出了好價錢。看著花花綠綠的鈔票，周正好不得意。

然而，玉鐲的主人並沒有放過周正，每天午夜她都會來向周正討要她的定情物。每個夜晚，周正都是在與女鬼的爭吵廝打中度過，早上起來一看，身上到處是烏青並且疼痛難忍，天長日久他承受不了了，也害怕起來，於是就去找巫師想辦法。

在巫師那裡，周正花了五百元錢買了把桃木劍，一到夜晚他拿在手中，心裡牢記著巫師的話，用桃木劍刺殺女鬼。

這天午夜，隨著一陣涼風，女鬼又來了，討要玉鐲。周正用左手抵擋女鬼，右手持桃木劍向女鬼胸口刺去。女鬼一閃身，桃木劍刺中了她的右臂。

那女鬼捂著傷口飄去，臨走時丟下一句話：「周正你等著，我不會放過你的，偷了我的寶貝還傷了我。」

周正哈哈大笑道：「你要是再敢來，我叫你有來無回，鬼也做不成。」

那受傷的女鬼，果真再也沒有出現過。為了表達謝意，周正又買了重禮去謝了巫師。

雖然家裡富有得已夠他享用一生，可是周正沒有停下他的盜墓生涯。七、八月間是盜墓的最佳時節，有麥田做屏障不易被人發現。多年的盜墓經驗使他知道，一個富有的墓穴不會只是一個孤穴，旁邊一定還有富有的墓穴。經過仔細勘察，又在那麥田中找到了目標，離上次盜得玉鐲的地方不遠。

又是一個月黑風高的夜晚，周正兄弟帶上自己的兒子和工具，來到麥田中開始盜墓了。

就在周正他們在墓穴上面忙乎的同時，墓穴裡的主人也沒閒著。這墓穴的主人原是朝廷的一品大員，此時正在用早餐，陪葬時的隨同來報：「老爺，有人在挖我們上面的土。」

這一品大員指示道：「你去看看是什麼人？竟然這麼大膽。」

不一會兒，隨從來報：「老爺，就是上次偷盜老夫人的那個人，叫周正。」

這一品大員一聽，氣得把筷子往桌子上一摔，說：「周正？哼，上次他到老夫人家偷盜，偷了東西還把家裡弄得亂七八糟，故意打碎了許多珍貴的器皿，老夫人找他要回自己的寶貝，他不但不給，還刺傷了老夫人。我一直沒有時間去找他算帳，今天他自己送上門來了……好哇，天堂有路你不走，地獄無門你偏來。」

他吩咐隨從不要聲張，把他的衛兵召來。五、六衛兵領命而來。一品大員命令：

「你們聽好了，等那個人挖到咱們院子的時候，用土把他和上面的人隔開，一定要把他留下來，讓他做老夫人的僕人，償還他欠下的債。」

正在洞中挖得起勁的周正，已經看到圍砌的青磚了，忽然他感覺到好像有人在拉他的雙腿，他用力掙扎，可是越掙扎越無力，隨即他被拉到了一所寬敞的大院。他膽戰心驚地一看，邊上圍著幾個青面獠牙的鬼。

有鬼往他的腿彎一踢，吼道：「見到老爺，還不下跪！」

周正撲通一下跪倒了，一抬頭看到一個官員模樣的鬼和那個被他刺傷的女鬼正站在他面前。

這時，那一品大員怒道：「周正，你偷盜老夫人的寶貝，還刺傷了她，該當何罪？」

周正渾身顫抖地說：「對……對……對不起，請放我回去……我會償還你們的寶貝……再給你們多燒些紙錢……」

一品大員冷笑道：「放你回去？別做夢啦，你不知偷盜了多少人家的財寶了，作惡多端必自斃。今天把你抓來，就是讓你在這裡做奴僕，償還你欠下的債！」

周正哭道：「我……我再也……不敢了……」

「你已經沒有機會再做壞事了。」那女鬼伸出手腕，對周正說：「你看這是什麼？我已經從一個老外那裡拿回我的鐲子了。」

一品大員喝令衛兵，押著周正去維修損壞的墓穴。

再說，洞穴上面的周良三人，正在運土，突然感覺身體飄了起來，然後重重地摔在了麥田上，趕緊爬起來一看，已經挖了十幾米深的洞穴已經不復存在，那些運出來的土也沒了，根本找不到剛才是在什麼地方挖掘洞穴的。更讓他們揪心的是，周正消失了。

三個人開始時小聲地呼喚周正，然後放聲喊叫周正的名字。周正的兒子甚至哭嚎起來。周良意識到危險時，已來不及了。當他捂著侄子的嘴巴時，幾道手電筒光和冰涼的手銬已經出現在眼前。

因為發現麥田裡的古墓被盜，當地政府已經派出員警蹲點守侯多日。這茂密的麥田，要不是盜墓賊的哭喊聲，把他們捉拿歸案還真不容易。

血橘子

這是發生在明朝嘉靖年間的故事。捕快周正華下班後來到水果攤上稱了兩斤橘子，回到家他對兒子說：「今天晚上你要是吃光一碗飯，就給你吃橘子，要是不吃飯，橘子就不可以吃。」

原來，周正華與妻子傅蘭婚後生了五個孩子，結果就剩下這麼個寶貝兒子，姓周名佩祥，小名佩佩。這孩子給慣得平時不愛吃飯，每天都是哄著吃點飯，今天由於他牽掛著吃橘子的事，就很快吃完了碗裡的飯。一放下飯碗，佩佩就趕緊去偏桌上拿起了一顆橘子。

周正華夫妻倆正在吃飯，忽然聽到佩佩驚叫：「血！」便趕緊跑過去，異口同聲問道：「什麼血……哪裡出血了？」

佩佩驚恐地指著他扔掉的橘子說：「那裡有好多的血……橘子裡有血！」

夫妻倆以為是兒子的戲言，把心放下了，傅蘭點了一下兒子的頭說：「你個搗蛋鬼，橘子裡怎麼會有血？吃頓飯你也不讓我們安寧。」

周正華也說：「這孩子就是能鬧人。」他一邊說著，一邊低頭去撿地上的橘子，然而當他拿起橘子後，不禁也大吃一驚：「這橘子……怎麼會真的有血？」

傅蘭聽了，立即拉起兒子的手，看到那稚嫩的小手有很多鮮紅的血，這才著急了，驚慌道：「佩佩……你的手在哪兒劃破了？」

佩佩不高興地撅著嘴說：「不是我的手出血，是橘子出血，你還說我鬧人。」

傅蘭仔細地把兒子的兩隻手察看了一番，確實沒有傷口。這時，她看到丈夫正在端詳那顆橘子，湊上前去，看到黃澄澄的橘子正一滴一滴往外滴著鮮紅的血液，覺得頭一暈，捂著嘴跑到了屋子外面，噁心得那五臟六肺差點兒要從嘴裡吐出來。

周正華把整個橘子剝開，橘子裡面除了鮮紅的血以外，沒有一棱橘子。橘子裡的血就像在人身上流出來的血一樣鮮紅。周正華正要把手中橘子扔掉時，突然發現橘子中鮮紅的血消失了，只剩下空落落的橘子皮了。奇怪！他把橘子皮翻來覆去，想不出所以然來。他放下手中的橘子皮，剝開另一個橘子，裡面是一棱棱的橘子，沒有鮮血。再剝開一個橘子，還是沒有異常。直到他把兩斤橘子都剝開了，也沒見有血的橘子。

回頭再看看兒子手上的血，也沒有了，那血已無影無蹤。

周正華很納悶。妻子傅蘭在外面吐了半天，回來還在乾嘔，看到周正華剝開的一堆橘子，失聲喊道：「快去扔了——」

周正華趕緊收拾好了橘子，出門扔了。然後，又來到剛才買橘子的水果攤，再稱了兩斤橘子，付好了錢，站在攤位前，把兩斤橘子都剝開了，依然沒有發現異常現象。他把剝開的橘子扔進了路邊的垃圾堆。

水果攤老闆不解地問道：「周捕快你怎麼了？是我的橘子有問題？」

周正華搖搖頭說：「沒有、沒有。」然後

低頭走了。

有幾個圍觀的人，在他身後議論道：「這個周捕快……是不是神經有問題了？」

回到家裡躺在床上，周正華百思不得其解。

傅蘭驚悸地說：「是不是鬧鬼了？」

周正華說：「世界上哪來的鬼？別胡說。」

傅蘭說：「不是鬧鬼是怎麼回事？分明我們三口人都看到了鮮紅的血，為什麼轉眼不見了？」

周正華當然也答不上來，只好不耐煩地說：「睡覺吧，別胡思亂想了。」

傅蘭生氣地翻過身去，不理他了。

不知過了多久，周正華在迷迷糊糊中，看到一個女人站在他的面前哭訴道：「周捕快……為我伸冤吶，我叫張小青，三十四歲。今天那個血橘子就是我做的，讓你家三人受驚了，先說聲對不起！我現在給你托個夢，把事情說個明白。因為我要是不進到橘子裡，是進不了你家門的。」

那女人停頓了一下，接著說道：「我家在梅涇縣西山的張家莊。我丈夫叫張大衛，是個殺豬的。在五年前，他要納春風樓的趙曉玲為妾，我沒有答應，我對他說，既要納妾就應該納個好人家的女兒，把一個妓女接進門，有失家風，影響多壞。沒有想到，他懷恨在心，在清明節的晚上，與那個女人一起合夥殺害了我，之後把我埋在我家的橘園裡，新土上還栽了一棵橘子樹。我冤死後的第五天，張大衛去我娘家，找我回家，我爹娘說我根本沒有回去，他還故意裝作不信，又到我的幾個親戚家找我，說我離開家已經五六天了。看到他著急的樣子，我爹娘和親戚都暗暗責怪我。但是，我的哥哥不相信我會離家出走，到我夫家找了很久，沒有任何發現。後來，張大衛報了案，來了幾個捕快查了一番，沒有了下文。第二年春天，張大衛把趙曉玲接到了家裡，過上了夫妻生活。可憐我屈死地下，含冤難雪。所以來找周捕快，求你為我伸冤！我的屍體就埋在我家南山橘園的中間，邊上有棵柏樹，在柏樹北面第十二棵橘子樹底下，我埋在那兒，還有勒住我脖子的草繩和一把尖刀……我死得好慘……」

那女人哭訴到這兒，周正華想再問點什麼，那女人卻已經飄然離去，周正華一著急，醒了過來。此時，正好是三更天。

周正華再也睡不著了，仔細回想著這個夢，還真有些蹊蹺。

第二天，他捕房上班到，對捕頭說了昨晚發生的怪事，還有那個怪夢，捕頭也覺得蹊蹺，就讓手下查五年前的失蹤案，一會兒工夫，便查到了記錄。

捕頭沉思道：「張小青失蹤後，查無所據，可能真的被她丈夫殺害了，我們只要挖開那棵橘子樹地下，就知道真假了。不過，這件事要做得周密些，萬一挖不到屍體，對我們影響不好。周正華，你先派幾個兄弟監視張大衛和趙曉玲，然後派人封鎖那個橘園。遇人說話，要謹慎些，這樣，要是樹底下沒有屍體，我們也好圓場。」

待一切準備就緒，周正華便來到張大衛家。正在家搓麻將的張大衛以為周正華是去抓賭的，趕緊陪著笑臉說：「周捕快，我們只是玩玩，沒有賭錢。」他一邊說一邊把桌子上的錢藏了起來。

周正華正色道：「我今天不是來抓賭的，是來查一起昨天發生的強姦案。」

張大衛笑道：「我可沒有做那缺德的事，昨天我們幾個一直在搓麻將，他們可以作證。」

圍著桌子的幾個人附和道：「是呀，我們昨天都在一起搓麻將。」

周正華說：「案子正在查證，我們不會冤

枉一個好人，也不會放過一個壞人。苦主報案說，出事現場就在你家橘園，我們派人去查看現場。你們屋子裡的幾個人都不要離開，很快就會水落石出，希望你們配合。」

張大衛一干人等，點頭道：「周捕快，你們趕緊去查吧，我們誰都不會離開這個院子的。」

周正華留下兩個捕快監視他們，自己帶著人直奔南山橘園，很快找到了那棵橘子樹，周正華仔細觀察了一下，便讓兄弟們開始挖土，約半個小時後，土坑中挖出一具屍骨，在屍骨的邊找到了一把生銹的尖刀，還有腐蝕的草繩。

周正華立即帶上兄弟們，直奔張大衛家，給張大衛與趙曉玲帶上了枷鎖。

張大衛叫起冤來：「我們是冤枉的……我們可沒有幹那缺德事……」

趙曉玲也喊道：「我是一個女人，強姦誰了？」

周正華冷笑道：「本來就沒有什麼強姦案，而是五年前的一起兇殺案！我們已挖出了張小青的屍骨，鐵證如山，你們還有什麼可狡辯的？」

張大衛與趙曉玲聽了，癱倒在地，哀歎道：「你們……你們也太厲害了……都五年了……」

一起時隔五年的兇殺案就這樣告破了。

多少年過去，這兒的人們還記得捕快周正華與一個血橘子的故事。

獵人

在華北的一個山區裡有個李家村，村民們多半以打獵為生。村裡的李文與李大保這兩個人的槍法特別準，百發百中。

道光三年的秋天，李大保一早起來就上山打獵了，剛上山巡視，他的視線裡就出現了一隻火狐狸。火狐狸的皮可值錢了！李大保興奮不已，瞄準之後就是一槍。中槍的狐狸逃走了，李大保提著槍就追。

轉過一道山樑的岔路口，只見一個戴紅帽子的老者站在那裡。老者笑著對李大保打了一聲招呼：「小夥子，你是在攆一隻狐狸吧？它已經往前跑了。」

經常在山裡討生活的人怎麼會不知道——這個老者就是剛才的那隻狐狸。李大保一驚，向老者鞠了一躬說：「老人家，我李大保今生今世決不再打獵了。」當著老者的面，他抬起右腿，橫過獵槍，「咔嚓」一聲，獵槍折為兩段。

從此，李大保再也不打獵了。

當李文聽說此事後，便對李大保說：「沒

骨氣，看到個狐狸精嚇成這樣，要是我，照樣給他一槍。」

李大保說：「人各有志。」

道光五年的一個冬天，李文與平時一樣，吃過早飯，早早的進山打獵，剛翻過一個山坡，他發現了一隻狐狸。

李文心想，今天的運氣真不錯，剛出門就碰到了獵物。於是，他毫不猶豫地舉起獵槍，正好打中了狐狸。可是，那狐狸沒有倒下，而是飛跑而去。李文隨後就追，追過一道山坡，看到一個老頭脫下皮襖正在那抖落沙子。

那老頭自言自語道：「這孩子真討厭，一大早就整了我一身的沙子……」

李文當然知道這老頭是狐狸精變的。他想，自己決不能像李大保一樣沒出息，就打個狐狸精給大家看看，我李文可不是那種窩囊廢。他二話沒說，竟然舉槍瞄準老頭，打去一槍。

李文剛收起槍，卻發現老頭不見了。

納悶的李文在山裡轉來轉去，卻一個獵物也沒看到。轉悠了一天，他垂頭喪氣的回家了。

這時，踏進院子的李文驚訝地看到，那狐狸精變的老頭正坐在他家的門檻上，這下可把李文給氣壞了，取下獵槍一扣扳機，這下可打中了，老頭倒地死了。

李文走上前去一看，立馬昏倒了。

他這一槍打死的，是自己的老娘。

李文被衙役抓起來了。鐵證如山，死罪難逃。

在行刑的前一天晚上，他迷迷糊糊地坐在大牢裡打瞌睡。

這時，那個老頭出現了，他叫醒了李文，說道：「年輕人，你今天的下場，可是你自找的。你為了生活，傷害多少的生靈性命。那一天，我是顯聖來提醒你適可收手。大千世界，你做什麼活不能養家糊口？你打我第一槍時，我沒有生氣。我變了人形，還說了話，就是要你明白道理，可是你竟然對一個轉化成人的我開槍。這要真是一個人，你豈不是在殺人嗎？你第二次沒打中我，就應該知道，我已經修煉得道了。我要你的性命是易如反掌，可我沒有，既然修煉就不能殺生。然後，我到了你家，看你會不會覺醒？很遺憾，你還是不放過我，又舉起了槍。是你的心魔遮蔽了你的眼睛，濫殺無辜的你打中了正要出門來的老娘……你呀，真是自作孽呀，枉害老母一命……」

說到這兒，老頭飄然離去。李文驚醒了，回想著夢中人的話，悔痛不已。如果自己當初也像李大保一樣，老娘就不會枉送性命了，自己也不會成為刀下鬼。事到如今，無法彌補了。

李文流下了傷心悔恨的淚水。

天亮了，牢門打開，李文被衙役帶走了，一個年輕的生命就這樣結束了。

只羨鴛鴦不羨仙

在紅塵俗世中，不知有多少人因為承受不起痛苦與磨難而輕率地結束了自己的生命。然而，大自然中有多少生靈羨慕人類多姿多彩的生活，只羨鴛鴦不羨仙。

在一個原始的森林裡，有一隻白狐狸，名叫白玉蘭，經過了一千五百年的潛心修煉，而得道成仙。當佛祖命她升往天界時，她卻乞求降到人間，她願意成為一個女人，嫁夫生子，過男耕女織的平凡生活。

佛祖面對她的請求，沉思了一會，便應允了，囑咐她一定要好好做人。

白玉蘭叩謝了佛祖，來到人間，尋覓意中人。

一個月黑風高的夜晚，她來到了一個渡口，等待著一個後生，那是她白天在酒店裡認識的，並且對他一見鍾情。

這後生是河對岸李家村酒坊的一個夥計，名叫李狗剩，是個孤兒。他到酒店去，是送米酒來了——這是酒店固定訂好的酒。這天，李狗剩因事耽擱了時間，天黑了才急著趕回家。他騎著馬來到渡口時，渡船已無影無蹤，擺渡人興許已收工吃晚飯了。從陸路回到對岸，需要繞道二十多里路。

這時，渡口的一間茅草屋裡，傳來了一個女子的哭聲，悲悲切切，好不傷心。——她就是白玉蘭。

狗剩走到草棚門口，關切地問道：「請問……你為什麼要哭？發生了什麼事？」

白玉蘭哭泣道：「我因父母雙亡，剩我一人孤苦無依，所以……傷心而哭……公子……你帶我走吧……」

狗剩有點驚訝。這時，他看到茅草屋裡飄出一個白衣女子來，因為夜色已暗，他看不清白玉蘭美麗的容貌，只以為碰上鬼了。狗剩害怕地翻身上了馬，掉頭飛奔而去。

狗剩打馬跑了很久，狂跳的心剛平靜下來，這時聽得身後有女子說話：「公子，你為什麼要跑？你帶我回去吧，我會洗衣做飯織布種田……」

狗剩驚得落下馬來。

白玉蘭見狀，趕緊跳下馬，扶起狗剩。

狗剩心慌意亂，急中生智，咬破了中指，把血點在了白玉蘭的身上。他曾經聽老人們說過，中指的血避邪驅鬼。要是遇到鬼，點上中指的血，那鬼就現了原形，不能害人了。

白玉蘭已修煉成人，當然顯不了原形，反而給她抓住了把柄，她對狗剩說：「你弄髒了我的衣裳，你必須帶我走，必須娶我為妻。」

狗剩知道了白玉蘭不是鬼，放下心來，把她帶回了家。

狗剩摸索著點上油燈，看到白玉蘭貌若天仙，欣喜若狂。白玉蘭進了裡屋，換了一身衣服，然後讓狗剩把換下的白衣服埋在馬兒能踩到的地方，越深越好。狗剩不知道白玉蘭為什麼要這樣做，但美女的話，當然要言聽計從。

第二天早晨，白玉蘭交給狗剩百兩銀子，從酒坊東家那兒買下了那匹馬兒，買下了狗剩住的這間小屋和馬棚，還有房屋周圍的五畝田地。

一夜之間，狗剩從夥計翻身成為一個家產殷實的主人。歡天喜地的狗剩與白玉蘭拜堂成親，結為夫妻。

一年以後，這對恩愛的夫妻生下了一對雙胞胎，小日子過得很紅火，擴建了住房——當然，那間馬棚白玉蘭沒有讓翻建。沒過幾年，又置了十多畝田地。

白玉蘭與狗剩生育了三男一女，一家人生活得十分幸福快樂。

二十多年過去了，三個兒子都已成家立業，最小的女兒玲兒也已十六歲，待字閨中。

這一天早晨，玲兒給她的母親正梳著頭，忽然尖叫起來：「媽……我怎麼……從你的頭上看到你的腸胃和心肝了……」

狗剩在一旁聽到了，心想女兒傻了吧，趕緊過來一看，大吃一驚。

這時，白玉蘭平靜地對狗剩說：「你去把我那身埋在馬棚裡的衣服取回來。閨女，你去把你的哥嫂們叫過來！」

狗剩不解地到了馬棚，用鐵鍬鏟開了土，挖出那身白衣，二十多年過去，這衣服居然嶄新如初。當他取了衣服回到屋裡時，三個兒子與三個媳婦都已來了。

白玉蘭接過那身白衣，流淚道：「他爹……我們的緣分已盡，我要走了。孩子們……娘親是修煉成仙的狐狸，與你爹有二十三年的緣分……如今娘親要走了……」

一屋子人都放聲哭了起來。

白玉蘭深情地看著親人們，叮嚀道：「這一生，我已知足了，真捨不得你們……孩子們要好好孝敬你們的爹，一起好好過日子，平平安安，快快樂樂，我才心安……」

說罷，白玉蘭穿上那套白衣，飄然而去。

電梯裡的遭遇

在我們醫院裡，大家都沒有乘電梯的習慣，即使在最頂層——六層的人也是如此，走樓梯上下班。除非是身體欠安或者夜深了，才會不走樓梯而乘電梯。

昨天晚上，新調來的醫生王大強做完一個急診手術，已十二點鐘了。他感覺很累，就與護士劉霞、趙曉嵐一起乘電梯下來。到五樓時，有兩個人上了電梯，似乎是病人家屬。

電梯順利地到了一樓，但沒有停下來，大家都覺得很奇怪。電梯一直往下沉降，地下室三層、兩層、一層，到了地下室最後一層，電梯停了下來，門自動打開了。看到門口有個人影背對著電梯，劉霞迅速按動電鈕關上電梯門，然後按動上升的電鈕。

王大強不解地問劉霞：「為什麼不讓門口的人上來？天這麼晚了，把他帶上不就是了，我們也不差這麼一點時間。」

劉霞說：「王醫生，你剛來醫院還不知道，底下一層是太平間，你有沒有看到那個等電梯的手上繫個紅繩和吊牌？那是死人的手上才有的。」

說到這兒，劉霞看了一眼王大強，這一看不要緊，她差點嚇得背過氣去，尖叫道：「詐屍了！」儘管高度緊張，劉霞的理智還是清楚的，她立即按動電梯裡的安全按扭，然後拿起電話就坐在了地上。因為她記得奶奶曾經說過：「詐屍的人不會彎腰的。」

她對著電話筒顫聲喊道：「救命……有殭屍在電梯裡……快……」然後，再也說不出完整的話了。電話那頭還在著急地問：「怎麼回事？請說得詳細點。」

原來，劉霞抬眼看王大強時，看到下午剛死的一個老太婆，正伸手向王大強的脖子上掐過來，紅繩和吊牌在右手腕上晃悠著。

電梯裡混亂起來。坐在電梯裡的劉霞驚恐地發現一個背對著大家的男人轉過身來，他的脖子上有一個牙齒咬開的口子，動脈已經斷了，那肉因為沒有了血色而白刷刷地翻在外面。他兩眼發直地瞪著劉霞說：「你以為能把我關在門外嗎？我已經上來了。」

聽到這個熟悉的聲音，劉霞語無倫次地說道：「劉……劉醫生……怎麼是你？你不是……下班回家了嗎……」

那個殭屍老太婆陰森地笑道：「是我把他變成這樣的，已經過一個時辰了，現在他也要喝人血了，哈哈……現在我們就要喝乾你們的血，一個時辰後你們也可以去喝別人的血了，等喝足一百個人的血後，再吃一百個人的心，這樣誰都不能把我們怎麼樣了，我們的殭屍隊伍就會迅速壯大，哈哈……」

在她恐怖的笑聲中，一個從五樓上來的人暈倒在了殭屍老太婆的身上，殭屍老太婆停止了笑聲，兩隻直呆呆的眼睛放著綠光，張開血盆大嘴向那人的脖子咬去，只聽「喀嚓」一聲燜響，殭屍開始貪婪地吸血，發出令人窒息的「吱吱聲」。

不知如何是好的王大強聽得劉霞喊：「快坐下！」便一屁股坐了下來。

另一個從五樓上來的男人，嚇得渾身發抖。那個殭屍劉醫生伸出變形的雙手，十指尖尖如同雞爪一樣摳在這個男人的手臂上，男人嚇昏了。殭屍劉醫生貪婪地吸著他那手臂上流出來的血。

看到這個膽戰心驚的死亡情景，使得劉霞倒地昏迷。王大強從醫多年，對死人的事司空見慣，然而這電梯裡發生的事，卻是讓他不寒而慄。尤其是眼看著白天還與自己在一起吃中飯的劉醫生，已經變成了殭屍、吸血鬼，他既恐怖又噁心，覺得快要窒息了。

在劉霞暈倒時，王大強聲嘶力竭地喊道：「救命啊……」，一邊大喊一邊打量，這才發現護士趙曉嵐不見了。

電梯外的人，不知道電梯裡發生了什麼事情，但感覺到情況非常嚴重。醫院保衛科的人迅速報案，請求刑警隊與消防隊前來救援。

刑警隊員、消防隊員火速趕到了現場。然而，殭屍已控制了電梯，電梯上上下下，就是不停。刑警切斷了電源，消防員割開電梯門，那兩個殭屍扔掉已被吸乾鮮血的兩個人，瞪著直呆呆而發著綠光的眼睛，張開雙臂伸出尖尖的十指向電梯外面的人撲來。

消防隊員打開水龍頭向殭屍沖去，可是殭屍似乎有著超強的力量，強大的水柱沒有擋住他們的腳步。消防隊員迅速撤退了。

刑警隊派出兩個人——實際上是兩個已裝上了炸藥的蠟人——迎面撲向殭屍。殭屍陰森地笑著，各抓住一個蠟人，張開血嘴貪婪地咬向蠟人的脖子。這時，現場的人都已退出了十米遠。

就在殭屍咬下去三秒鐘，震耳欲聾的爆炸聲響起，兩個殭屍被炸碎了。

刑警們迅速衝進電梯，救出了劉霞和王大

強，並把兩個已被吸乾血的人送進搶救室。王大強與劉霞四下回顧，喊道：「趙曉嵐……趙曉嵐……」人們分頭尋找，結果在停屍房門口找到了趙曉嵐，可她已經死了。

經過醫生輸血、縫合傷口，全力搶救之下，電梯裡其中一個被吸血的人救活了，他是一個病人的家屬，名叫李山。他是個出了名的孝子，因為照顧病入膏肓的母親，起早摸黑——白天打工，早晚來侍候。沒有想到在電梯裡差點喪了命。

李山的母親自己知道不久於人世，特意叮囑兒子不要火化要土葬，態度十分堅決。為了盡孝道，滿足母親的心願，李山托人在縣城外十公里處的小山上，花重金買了個墓地，準備在母親去世時偷運出去土葬。他母親迴光返照的那天，聽說了李山在電梯裡的險遇後，便對兒子說：「大山吶，媽要走了，你就給媽火葬吧，媽可不想成為殭屍害人，媽現在真的怕成為殭屍啊！」

李山答應了母親，老人滿足地閉上了眼睛。

這事一傳開，這縣城方圓百里的老人，如遇病故，在臨終時都會關照家人：「趕緊送去火化，千萬不要在家裡停屍！」家人便主動把死者送去火化，也沒有把屍體放在家裡超度數天大辦喪事了。

還有，我們醫院的太平間裡，沒有特殊原因，不會停放屍體了，醫護人員再也不乘電梯了。

梳頭鬼

也不知從什麼時候開始，在梅涇鎮祥雲觀對面的橋上，人們在午夜時分總能看到一個妙齡女孩坐在橋欄杆上梳理著長長的秀髮。似乎有三、四年的光景，或許更長一些。這姑娘一邊梳理長髮，還一邊自言自語地說著：「一梳夫妻恩愛；二梳子孫滿堂；三梳白頭偕老。」由於她是低頭梳理，加上長長的秀髮遮面，誰也沒有看到過她的真面目。傳來傳去，人們都知道這橋上的姑娘神經不正常，當走到她面前時，都加快腳步走過去，從來沒有人問過她是誰家的，或者與她說過話，都怕惹上麻煩。而在白天，人們在背後議論道：

「不知是誰家的姑娘，每天午夜坐在橋上梳頭，邊梳頭還邊叨咕著。」

「是呀，這是誰家的姑娘？家人怎麼不給看看病，現在又不是不能醫治。」

人們依然從那橋上經過，依然是沒有人理睬那個梳頭女。

在祥雲觀的邊上，有一家偉蓮羊毛衫廠。

老闆是個東北人，名叫張國偉，原來是在東北開服裝店的，未婚妻子小華在家看管店面，他則到南方來進貨，一般都是萬源羊毛衫廠的訂貨，這萬源的老闆有個頗會交際的女兒萬蓮。萬蓮看到張國偉英俊瀟灑，便有了幾分愛意，加上為了生意而拉住客戶，便經常邀請張國偉吃飯、跳舞、唱歌。當時，東北的生意相當興隆，每次來進貨，張國偉守在萬源，催發毛衣。最長的時間，要守一兩個月。你有意我有心，一來二去，這張國偉與萬蓮眉來眼去好上了。張國偉覺得萬蓮比小華溫柔、嫵媚和風流，就決絕地與相戀五年的小華一刀兩斷，來到南方與萬蓮一起辦了這家羊毛衫廠。

身在東北的小華無法接受戀人的背叛，她傷心地轉掉了店面，把錢留給父母，然後外出散心去了，而且不要任何人陪同。父母看到女兒日漸憔悴，覺得出去走走、逛逛山水，精神上會輕鬆些，也就同意女兒出去散心了。可是，誰也沒有想到，就在小華離家的第三天，小華的父母收到了小華的一封遺書，她在信中請求父母原諒她的不孝。小華的父母急白了頭髮，立即發動親戚們尋找小華，還去報了警。沒過幾天，警方在松花江發現了一具女屍，從她的口袋裡找到了一張身份證，就是小華。

一晃五年過去了，在南方的張國偉與萬蓮生的女兒已經三歲了，生意也越做越大。可是，張國偉的心中還是經常想起小華，總覺得是自己對不起她。尤其是聽到小華投江自盡的消息後，痛哭一場，痛悔自己害了小華。看到兒女的模樣很像小華，張國偉懷疑這是小華轉世投胎來的，所以在疼愛女兒的同時，又加進另一層複雜的感情，還有一層負罪感。

這年中秋節前，張國偉在外地辦事。按照原來的時間安排，中秋節是不能趕回來了，可是事情辦得很順利，在這中秋節這天他趕緊乘上飛機趕回家來。張國偉回到家中夜已深了，當他打開臥室門時，看到自己的床上有一個不認識的男人，赤身裸體摟著光了身子的小華在睡覺。一男一女驚醒過來，看到張國偉正怒髮衝冠地站在床前，不禁嚇呆了。張國偉把那男的拖下床，拳打腳踢，又衝到外屋找了根鐵棍，這時小華知道要出人命了，不顧一切地撲上來纏住張國偉，哭求丈夫放過他們，那男人這才趁機溜掉了。

那男人一走，小華對張國偉怒斥道：「你要什麼威風？要不是我這樣盡心盡力，這生意能做好？你哪來的榮華富貴？」

然後，這小華一摔門走了。

啼笑皆非的張國偉待了一會，來到女兒的房間，看到女兒安靜地酣睡著，俯下身子親了一下她的臉蛋，然後悄悄地退出了房間。

張國偉拖著沉重的身子，來到一個小酒店裡，把自己灌得稀裡糊塗，然後搖搖晃晃地出了酒店，東倒西歪地瞎逛。

不知不覺，他來到了祥雲觀對面的橋上，他看到那個在梳頭的女孩一邊梳理頭髮一邊說：「一梳夫妻恩愛；二梳子孫滿堂；三梳白頭偕老。」他在橋欄上坐了下來，喘著粗氣說道：「同是天涯淪落人……淪落人……」那女孩沒有理會他，依然繼續梳理秀髮、繼續自言自語。

張國偉忽然笑了起來，含糊不清地嘟囔道：「報應……報應哪，哈哈哈……貪色貪財，拋棄真愛……報應……小華，你在哪兒？……」他雙手捂著臉哭了起來。

這時，那個梳頭的女孩子拍了拍張國偉的肩膀說：「別哭了，男兒有淚不輕彈，有什麼大不了的事情，做錯了改過來就好了。也許小華會原諒你的。」

張國偉哭道：「已經……沒有機會了，我的小華……她已經死了四年了……」

女孩拉過張國偉的手說：「國偉，你看看我是誰？我在這裡等你已三年八個月了……我還以為你把我忘記了……國偉，我原諒你了，讓我們從頭再來過。」

張國偉驚訝地擦拭了淚水，仔細地看那女孩，果真，這是小華！他激動地把小華摟在懷裡泣道：「小華……我終於見到你了……多少次我想到你的墳上去看你，祈求你的原諒……」

幸福的浪潮淹沒了張國偉。

那夜，萬蓮睡在娘家。恍惚中，她看到張國偉與一個長髮飄逸的美麗女孩牽著手兒，來到她的面前，微笑道：「萬蓮，她就是小華，我為了你而拋棄的小華。如今，她已經原諒了我，我們重新開始新的生活了，我與她走了，從今往後再沒有人干涉你的醜事了。」

張國偉說罷，與那女孩牽手飄然而去。萬蓮急了，氣憤地喊道：「張國偉，你給我站住！」

萬蓮這一喊，把自己吵醒了，看看手錶，已過了午夜。

萬蓮午夜驚夢，再也睡不著了，在床上輾轉難眠，迷迷忽忽覺得天亮了，突然聽得母親在外面驚叫：「小蓮……小蓮……你快起來，國偉……他……他在祥雲觀前的河裡……自殺了……屍體剛剛打撈上來……」

紅塵誤

白小玲中考以七百十五分的成績考進縣重點高中，大家無不稱讚和羨慕，父母也似乎看到了希望，能考進名牌大學不再是夢想。

然而在軍訓的時候，白小玲被趙佳酷似Jay的外表所傾倒，情竇初開，一下子就不可收拾，趙佳也喜歡上了白小玲。後來白小玲和趙佳分別當上了班長和副班長，兩個人的接觸更多，關係更密切。雖然學校不許談戀愛，可是地下的戀情學校是無法察覺的，再說兩個人又同為班幹部。

雖然倆人在談戀愛，可並沒有影響學習。一個學期下來，兩個人的成績在同年級組排在第一名和第二名，幾乎不分上下。每當假期，兩個人經常通過電話聯繫。當然，雙方父母並不知道自己的孩子在談戀愛，因為孩子學習成績總是名列前茅，不可能是早戀的。

高一第二學期期末考試後，白小玲與趙佳的成績比排在第三名的同學足足高了三十多分。雙方父母看到大紅的獎狀，都給予了經濟獎勵，但是嚴厲督促兒女要在暑假中好好複習功課，不許外出。

熱戀中的白小玲每天都要與趙佳通過電話聯繫，卿卿我我，傾訴思念的痛苦，老是想著要見趙佳。而趙佳，也是同樣飽嚐相思之苦。

趙佳家境較好，家裡有一台電腦，在無聊之中迷上了上網。而白小玲家裡沒有電腦，只有以日夜攻讀來打發時間。

一來二去之間，趙佳在網路裡認識了「今夜你有空嗎」，很快墜入網戀的泥潭。趙佳還用父母獎勵的錢偷偷買了個攝像機，視頻與語音把趙佳與「今夜你有空嗎」拉得更近。就這樣，趙佳慢慢地冷落了白小玲，總是以父母不讓打電話為名疏遠白小玲，害得白小玲像丟了魂一樣在痛苦中煎熬。

在八月的一個雙休日，白小玲的母親看到女兒日漸消瘦，且魂不守舍的樣子，以為是學習累壞了，決定帶女兒去杭州散散心來解壓。

在岳廟遊玩時，走過岳廟後面幽靜的迴廊時，白小玲突然看到迴廊上有兩個年輕人在接吻。

那個男孩的背影是如此的熟悉！白小玲心一動，讓母親在原地待一會，自己則走近去一看，那男孩果真是趙佳。趙佳看到白小玲，大吃一驚。臉色煞白的白小玲伸手就甩給趙佳一記耳光，然後匆匆返回到母親身邊。

白小玲的母親看到女兒臉色突變，關切地問道：「小玲，怎麼了？」

白小玲淡淡地說：「沒什麼，沒想到那個不要臉的人是我的同學。」

然後，白小玲不再說什麼，建議母親去杭州百貨大樓買衣服。她在百貨大樓買了一套紅色的連衣裙、紅色的皮涼鞋和一雙紅色的絲襪後，母女二人就乘車回家了。

回到家裡，白小玲沒有什麼異常的表現，吃完晚飯後幫助母親收拾好碗筷，並洗好了澡就回到自己的臥室了。

第二天上午，白小玲父母早已吃過了早

飯，就是不見女兒起床。她母親起身要去叫醒她，她父親說讓她多睡一會，可能是昨天去杭州太累了。可是過了九點鐘了，白小玲還是沒有動靜。她母親是個急性子，忍不住了，就去敲門，還高聲喊著女兒的名字。然而，寂靜無聲。白小玲的母親急了，吩咐老伴去房中取來鑰匙打開了女兒的房門。

白小玲的父母被眼前的一幕驚倒了——女兒穿著昨天剛買回來的一套紅色連衣裙和紅色鞋襪，直挺挺地躺在床上，地板上一灘血已凝固了。白小玲的母親撕心裂肺地慘叫一聲暈倒在地，她的父親撲過去，抱起女兒哭喊道：「小玲……小玲，快醒醒……小玲……」

員警與救護車同時趕到，把白小玲送進了醫院，然而醫生經過檢查，確認白小玲已經死亡了。

在白小玲割腕自殺後第三天夜裡，趙佳正在與「今夜你有空嗎」語音聊天，正在愛意纏綿的時候，突然，「今夜你有空嗎」看到電腦顯示幕上顯出一個臉色慘白、雙目噴火的紅妝女孩，不禁一楞，這不是那個在岳廟迴廊上打了趙佳耳光的女孩嗎？怎麼會如此恐怖和陰森？

面目猙獰的白小玲在螢幕上伸出雞爪般的鋒利十指，揪住了「今夜你有空嗎」的頭髮，憤怒地說道：「小妖女，我讓你勾引人，今天我要你給我償命。」說罷，張開獠牙大嘴在「今夜你有空嗎」的脖子嘭嚓一聲咬了下去。

電腦那頭的趙佳突然看到「今夜你有空嗎」無比驚恐的樣子，趕緊問道：「親愛的，怎麼了？」話音還沒有落下，通過攝像機，他看到白小玲咬住了「今夜你有空嗎」的脖子，「今夜你有空嗎」立即慘叫起來，趙佳驚恐地捂上了眼睛。

過了不一會，白小玲推開已經死了的「今夜你有空嗎」，滿嘴是血，對著攝像頭冷笑道：「趙佳，你這個壞種，我要報復你，讓你們都不得好死……哈哈……」那聲音尖利刺耳，恐怖異常。

趙佳的精神崩潰了，驚叫道：「鬼呀……鬼呀……」衝出書房手舞足蹈地到處亂跑。

趙佳的父母從睡夢中驚醒，看到已經失去理智的兒子，不知發生了什麼事？他們趕緊把兒子送去了醫院。

兩個月過去了，趙佳的精神還是沒有好轉，每天的深夜都會驚恐地喊道：「不要啊……不要抓我……」

白小玲的父母在整理女兒遺物的時候，發現有本書打開著，上面有一行用紅筆圈點的字，這樣寫著：

「如果穿著紅衣服死了之後，就會變成厲鬼……」

下卷　新傳說

五枚銅錢

莫若沖新任岳州知府，便著手審辦殺人疑案，查訪驗核，明斷如神，因而他深得岳州人民讚頌和愛戴。

可是，有一宗岳州疑案，卻一時難以查實。莫若沖大人每天心事重重，有時歎息，有時搖頭。與他一起來岳州的隨從劉志見大人如此鬱悶，就問道：「大人是不是為李氏的疑案而煩悶？」

莫若沖大人長歎了一口氣，點了點頭。劉志接著又說道：「如果我猜得沒錯，大人是想到了疑點所在，只是難以取證。」

莫若沖大人吃驚地看了看劉志，說：「你說來聽聽。」

劉志笑著分析道：「大人整天心事重重，既歎息又搖頭，說明大人已經知道疑點所在，卻又難以取證，而這取證又是很危險的。」末了，劉志表示不管這取證是有多麼難、多麼危險，他都願意效勞，只要能夠破了這個疑案。

莫若沖大人聽了劉志的話很感動，可是他沒有馬上表態，而是先讓劉志仔細查看一下李氏的案宗，然後再決定是否去取證。劉志不明白大人為什麼先讓自己看案宗，但是他認為既然是大人讓看，就一定有他的道理，於是就開始仔細地看起案宗來。

只見案宗上是這樣記載的：一一七〇年六月五日，岳州南洋茶館老闆張大年狀告他的嫂子李氏謀殺他的哥哥張大有。張大年在狀紙中，訴說他的嫂子李氏不守婦道，私通一個外地的客商，後來被他哥哥發現，毒打了她一頓。那個客商知道他們的姦情敗露，怕張大有報復而連夜逃走，沒想到路遇劫匪而喪命。就在事情發生的第三天，張大有晚上與弟弟一起用了晚餐，當時張大有的身體還是好好的，兄弟兩個嘮嗑到午夜才分手。臨別時，張大年還勸說哥哥不要再打大嫂了，還是好好過日子吧。沒有想到第二天一早，卻傳來張大有突然亡故的噩耗。

張大年懷疑是嫂子報復謀殺，於是告到了縣衙大堂，縣衙馬上受理此案，派人去驗屍，可結果卻是無傷、無中毒症狀，亡者如同熟睡一般沒有什麼兩樣。

經過開堂審理和驗屍結果，都無法找到李氏謀殺親夫的罪證，於是當堂釋放了李氏。後來李氏竟然與張大年的三弟張大寶結合，雖然張大年極力反對，可是張大寶卻一意孤行地娶了大嫂。婚後，因為張大寶亡妻留下的一雙兒女和繼母之間的矛盾，李氏和張大寶經常吵架。後來張大寶把兒子送到母親處寄養，只留下女兒小曼。這李氏雖然生過幾個兒女，卻沒有剩下一男半女，她對小曼沒有一點親情，經常無故謾罵。張大寶因此經常和李氏鬧翻，還多次打了她。

日子就這樣在不愉快的生活中度過。

就在張大寶和李氏婚後第三年，他們終於生了一個兒子，可是第二天就死了，李氏在傷心痛哭時大罵小曼，說她是「白虎星」，剋死了她的兒子。看到李氏痛失愛子，張大寶因為也在失子之痛中沒有責怪她，還好聲地安慰她。

可是從此之後，李氏視小曼如眼中釘，經常謾罵不算，還開始了毒打。為此，張大寶幾次痛打李氏，可她還是一意孤行。更不能讓人忍受的是，李氏竟然偷偷地為十一歲的小曼找了個婆家，還是一個三十五歲死了老婆的男人。張大寶氣得狠狠揍了李氏一頓，讓她退了婚，並警告她如果再敢虐待小曼，就休了她。

就在小曼退婚後的第三天，身體沒有一點兒毛病的張大寶和女兒一起雙雙暴亡。張大年再一次把李氏告上縣衙，可是經過驗屍審理，都依然無法對李氏定罪。張大年不服，上告到知府，可是岳州知府也沒有查出李氏殺人的證據而不能定罪。

張大年雖然懷疑兄弟和侄女是李氏所害，可是苦無證據，官府也是無能為力。弟弟和侄女已經離開一年多了，他始終不能釋懷。最近聽說新來的知府莫若沖大人斷案如神，連續破了多起疑難案子，在百姓中口碑很好，於是他又寫了狀紙來到岳州府三告李氏。

莫若沖大人仔細閱讀了狀紙，也覺得李氏確實有殺人嫌疑，可是調出以前的案宗及驗屍報告，他知道又碰上了一起無頭疑案。

劉志看完案宗和狀紙，來到莫若沖大人面前說：「大人，我知道該怎麼做了，我去取證。」

莫若沖大人看了看劉志說：「這是件很艱難、也很危險的取證，你想好了？」

劉志說：「大人，我想好了，我決定去。」

莫若沖大人關切地說：「三個人都是在健康狀況很好的情況下突然死亡，說明這個婦人手段毒辣高明，她能做到讓死者無傷、無毒、無痛苦狀，是個難以對付的惡婦。劉志你千萬要處處小心提防。你計畫怎樣取證？需要什麼幫助嗎？」

劉志笑了笑說：「我和大人的想法是一致的。」

莫若沖大人挑了下眉毛說：「你怎麼知道你的想法和我是一致的？」

劉志說：「大人若不信，我們都不要說出來，分別寫在紙上如何？」

當兩人一起展開對方的紙時，莫若沖大人又是一驚，然後滿意地笑了說：「好！就這麼辦！」

第二天，在岳州街上，李氏家的對面多了家皮匠店。店主是位三十多歲的男子。這男子濃眉大眼、五官端正，儀表堂堂，只是臉上好像蒙上一層陰雲，心事重重的樣子。沒過幾天，好事的人們就開始議論起他的事來了，大家知道了這位皮匠姓劉，叫劉小虎，今年三十七歲。從小家境貧窮，到了該結婚的年齡卻沒有娶上妻子，後來到一家家境殷實、沒有兒子的人家做了上門女婿。然而，他婚後始終過著低人一等的日子，妻子不拿他當個人，他只有痛苦地忍受著。可是，後來妻子結識了一個江湖浪子，把他趕出了家門。他覺得沒有臉面在家鄉生活了，於是就帶著皮匠工具來岳州闖蕩，打算能找個門戶相當的人成個家，過上安生的日子。

李氏開始時沒有注意到這個皮匠，後來聽多了關於他的事情，於是她在進進出出的時候關注起這個皮匠來了。但見這個人相貌堂堂，一臉的老實相，她有些動心了。丈夫已經離開一年多了，可是沒有人答理她，一個人形影孤單的生活，很想找個伴兒。有了心事，她就經常找皮匠做點活計搭搭話，明明是不該修理的東西，她也會藉口過來坐坐。時間一長，皮匠和她的話多了。李氏發現皮匠臉上的陰雲逐漸減少，鬍子也刮得乾乾淨淨了。

李氏的衣著也變得俏麗了，臉上還施了胭脂粉。人們開始把他們兩個人議論在一起了，後來有好事者來撮合他們的美事。郎情妾意一拍即合，辦了兩桌簡單的酒菜，招待一下左鄰右舍，算是證明了兩個人的關係，兩個人如願地結合了。

可是新婚之夜，皮匠劉小虎卻沒有和李氏合房，他藉口說身體不舒服，李氏雖然心理不快，也不好意思說什麼。

然而一連幾天，皮匠一再地推說身體不舒服，李氏怒從心來，開始對皮匠劉小虎給臉色看了。這個劉小虎臉皮也厚，不管李氏怎樣對待他，他都能忍受，只要李氏做好飯，不用叫，他就自己拿起碗筷埋頭吃飯。到了後來，這個皮匠劉小虎就三天打魚兩天曬網地打理他的皮匠鋪了，有時花錢還要向李氏開口。

沒多長時間，皮匠劉小虎忽然每天都開了店鋪，臉上的笑容多了起來。人們還以為是婚姻的滋潤使他如此快樂。可是不久人們發現了皮匠的秘密，知道他在外面有個相好的，三天兩頭夜不歸宿。雖然皮匠在李氏面前說自己是與朋友打牌不歸，可是紙裡包不住火，李氏還是知道他外面有人了。

李氏和皮匠大鬧了一頓，把皮匠的鋪蓋扔到了外面說：「你既然有個狐狸精還在我這幹什麼？你當我這裡是旅館飯店，想來就來想去就去，既然你對我無心為什麼還勾引我？」

皮匠第一次發火了說：「老子實話和你說了，要不是看在你的家當上，我才懶得娶你這個喪門星，你當我不知道你剋死了幾個丈夫？老子想好了，站穩腳跟就離開你，今天你把事情挑明，我也對你說清，我在外面是有個相好的，她不是狐狸精，是個年輕漂亮的女人。不過現在我還不能夠這樣搬出去，到時我自己會走。」

皮匠說完，氣呼呼地把鋪蓋扔在了床上。

李氏怎麼能夠忍受這樣明目張膽地欺辱，便破口大罵，劉小虎輪起巴掌狠狠地打了李氏一頓，破門而出，晚上喝得醉熏熏地回來，沒有洗漱倒下便睡。李氏讓他滾出去，不要睡在她的床上。劉小虎給了李氏一個耳光說：「你他媽的別找死，打攪老子睡覺，看老子怎麼收拾你！」說完打著呼嚕睡著了。

可是李氏卻無法入睡，哭了一會，推了推劉小虎，只見他哼唧一聲又四仰八叉地繼續打呼嚕。李氏起身下地，在櫃子裡找了幾枚銅錢回到床上，又推了一下劉小虎，但聞他的鼾聲更響了。

這時，李氏平靜而小心地把一枚銅錢放在了劉小虎的胸口上，劉小虎沒有動靜繼續睡覺，於是她又加上一枚銅錢，劉小虎依然鼾聲如雷。加到第四枚銅錢時，她發現劉小虎的呼吸有些困難了。她毫不猶豫地加上了第五枚銅錢。就在這時，劉小虎忽地坐了起來，銅錢嘩啦一聲散落下來。

李氏嚇得差點背過氣去，驚慌地問了句：「你……你怎麼沒死？」

劉小虎冷冷一笑，先從懷裡掏出早就寫好的休書讓李氏簽了字，然後報官抓捕了李氏。

直到這個時候，李氏才知道，這個皮匠劉小虎原來是知府衙門的劉志，一切都是知府大人預先安排好的。

天網恢恢，疏而不漏。在事實面前，李氏知罪伏法，交代了殺人的經過：趁人熟睡之中，在其心口放置五枚銅錢，神不知鬼不覺地置人於死地，並且讓人無法驗知其死因。她以此毒辣手段一一殺死了張大有、張大寶和小曼。審案的莫若沖大人在公堂之上，怒拍驚堂木，李氏即被收監打入死牢，秋後問斬。

疑案一破，轟動岳州。九泉之下三個枉死的靈魂得到了安息。張大年感動得痛哭流涕，他給岳州知府送來了厚禮，以答謝為他兄弟與侄女昭雪的知府大人，結果被莫若沖大人婉言拒絕了。後來張大年製作了一塊金匾送到知府衙門，上書：

青天知府
明斷如神

雍正和紅妍

杭州的西山茶舍老闆錢萬福是個精明而善良的生意人，膝下只有一個愛女，名字叫紅妍。紅妍是個聰明溫柔的女孩，西子湖的水把她滋養得如桃花般嬌豔、似荷花般高雅。而她彈奏的琴如微風送鳥鳴般悠揚纏綿；聽著她的琴聲裡，好似有蝴蝶在起舞、鴛鴦在戲水般歡暢，動人心弦。她刺繡的花兒使你不忍心用手去撫摸，怕傷了花兒；她繡的鴛鴦蝴蝶你會擔心它們飛走。她每天除了刺繡就是撫琴，中午還要和父親走一盤圍棋，才肯讓父親午休。錢萬福夫妻視女兒如掌上明珠，只要是女兒的願望，就沒有不讓她滿足的。

春天，西子湖畔垂柳甩著淡黃色的嫩芽兒在春風中舒袖擺腰。嬌豔的桃花吐著淡淡的芳香，清澈的湖水在陽光下閃著粼粼的波光，紅妍陶醉在這春天的懷抱裡。她那水粉色的旗袍包裹著窈窕的腰肢，六寸繡花鞋陪襯她的身材，顯得是那樣的勻稱。春天的大自然裡經常出現紅妍嬌美的身姿，在西湖邊上是一道靚麗的風景。

說起紅妍的大腳，是紅妍的母親由於心疼女兒，經常在女兒腳疼得睡不好覺時，悄悄放開女兒緊裹的裹腳布。在那個腳越小越美的年代，六寸的腳可是大腳了，就這樣紅妍的腳就成了她二九芳齡還沒有出嫁的原因。

紅妍的母親曾多次為自己的過錯流淚，說自己害了女兒。紅妍則安慰母親說：「要是母親不給女兒放腳，女兒怎麼會有機會經常到外面欣賞到美麗的風景？母親不必為此事懊悔，女兒感謝母親給女兒的自由。」

錢萬福也說：「兒孫自有兒孫福，咱們妍兒那容顏是個富態相，豈會是一般人家能娶得到的？夫人不用懊惱，我看咱們女兒的貴人還沒出現。」雖然錢萬福這樣安慰夫人，其實他的心裡也是著急。

在雍正三年的春天，雍正皇帝微服私訪到了江南。這一天，他們乘著遊舫流覽著西湖。

紅妍和丫鬟柳兒也乘著一葉小舟在西湖上蕩漾。紅妍伸出手在水中劃出漂亮的水線，主僕倆陶醉了。丫鬟看小姐玩得開心，就也伸出手在水中拍打。主僕倆玩得正高興，忽然一條金色鯉魚躍出水面，竟然躍進了小船。柳兒和紅妍看到鯉魚躍進船來趕緊去捉，柳兒捉到了這條足有一尺長的金色鯉魚，笑著說：「小姐，我們的運氣可真好，鯉魚自己跳進我們的船來了。」

說來也怪，這條魚並不用力的蹦跳，好像很溫順的樣子。紅妍從柳兒手裡接過鯉魚說：「好美的魚！柳兒，我們拿回去養在魚缸裡，你……」

紅妍的話還沒有說完，鯉魚開口說話了：「魚兒看到娘娘打此路過，就上來拜見娘娘，恕魚兒不能跟娘娘回家，魚兒告辭了！」鯉魚說完跳進西湖，擺動著美麗的尾巴，消失在澄澈的湖水裡。

船家看到鯉魚躍進船艙、主僕倆撲身捉魚，正看得興起，沒想到魚兒開口說話了。船家嚇得一哆嗦，栽到湖裡，小舟也隨之翻了身。

游湖的雍正無意中看到兩個妙齡女子嬉水的情景，他被紅妍的美麗而驚住了，便歎道：「此女只應天上有，人間難得有如此驚豔的美。我後宮三千也無此美人，這真是……江南出美女啊！」感慨之餘，他看到有一條金色鯉魚躍進了那小舟，笑道：「這魚兒也愛美女，高興得都跳進船艙了。哈哈……」

雍正的笑聲還沒落下，只見魚兒跳回湖裡，接著是船家落水、小舟翻身了。雍正一見，焦急地吩咐：「趕緊救人！」隨著話音，隨從紛紛下水去搭救紅妍主僕。雍正則在遊舫上焦急地等待著，暗暗禱告：上天千萬不要收回此女，雍正要她們生還。老天要是滿足雍正的心願，雍正願大赦天下！

這時，遊舫已經來到出事地點，隨從們從水中救出紅妍和丫鬟。大家七手八腳地把兩個人抬上遊舫，搶救昏迷中的落水人。這時小舟的舵手向遊舫游來，也想上船。雍正一見，龍顏大怒：「給我斬了這個混蛋！」隨著雍正的話音，只見寒光一閃，水面上濺起了一片鮮紅。

遊舫靠岸，紅妍被抬進行宮。雖然搶救過來，可是由於驚嚇，紅妍神情沮喪，驚魂未定。雍正看到渾身濕淋淋的紅妍，線條是那麼的迷人，惹人憐愛。他真想把這個女子摟在懷裡給他溫暖和安慰，可是他不能在紅妍面前失態。他深信要得到心愛的人，首先得到她的心，於是他吩咐人給紅妍換身乾爽的衣服。

紅妍與丫鬟被帶到後艙床上休息。御醫為她們診了脈，配了安神補身的中藥。一會兒的工夫，藥熬好了。雍正竟然親自給紅妍餵藥。他怕藥燙而輕輕吹著，用嘴試著不燙了，才要餵紅妍喝下。紅妍的臉忽然紅了起來，她要自己喝。雍正關切地說：「你好好躺著別動，我來餵你。你剛才受了驚嚇，嗆了水，需要休息。」紅妍堅持不過，也就順從地躺在那兒，等著雍正一勺一勺地餵她。紅妍長這麼大，還從來沒有和男人有著這麼親密的接觸呢。

紅妍知道是他救了她們主僕倆。她看著眼前這個威武的男人，有著似曾相識的感覺。雍正這樣的溫柔體貼，使紅妍不免心跳加快。雍正看到紅妍臉上泛起的紅暈，便知道女孩的心思了，不免也是紅暈罩臉。

雍正在和紅妍的對話中，打聽到紅妍的家裡，於是他讓人請來紅妍的父母並對他們說明了情況。紅妍的父母千恩萬謝，之後要接女兒和丫鬟回家。雍正挽留道：「待令嫒身體康復，我們再送她回去，現在她不便過多走動，身體要緊。」

就這樣，雍正和紅妍在一起，兩個人每天在一起聊天下棋。雍正為紅妍的琴聲所傾倒，把紅妍為他繡的手帕視如珍寶。在第四天晚上，兩個人同榻而眠，紅妍在行宮待了七天。三天的恩愛纏綿，難捨難分，然而雍正不得不離開，又不能帶紅妍回宮，分別的痛苦使他們抱頭痛哭。

送回紅妍時，雍正給了紅妍五千兩的銀票，讓錢家離開杭州去濟南的陳家暫住。錢萬福當初只以為雍正是個客商，當知道了雍正的真正身份後，知道再待在杭州會有生命危險，於是按照雍正的意思，在雍正走後把紅妍嫁給了濟南陳家。這掩人耳目的做法，才保住了錢萬福和紅妍的性命。陳閣老在陳府中，悄悄建了一座皇帝的行宮。

雍正回宮後，他實現了自己的諾言，大赦天下！可是誰都不知道皇帝為什麼大赦天下？就在雍正回宮的第三個月，他唯一的兒子、當朝太子染病身亡，雍正悲痛欲絕。他說：「朕有十幾個孩子，都是格格，就這麼一個阿哥，這叫朕如何是好？上天為何如此殘忍！」

雍正喪子之痛時，陳閣老捎來密函給皇帝道喜。「恭喜萬歲爺，妍妃有喜了！」看到陳閣老的密函，簡直是雪中送炭，雍正自喪子一個月來第一次笑了。

雍正自從太子暴亡之後，沒有想起過紅妍。如今，他又回憶起與紅妍在一起的日子來。思念之情，使他恨不得立刻見到紅妍。

這年秋天，雍正又微服私訪。

濟南重逢的喜悅籠罩著兩個癡情人。雍正撫摸著紅妍隆起的腹部說：「愛妃，給朕生個阿哥吧，這樣朕的江山就後繼有人了。」

紅妍點了點頭說：「一定會是個阿哥的。你還記得我對你說的那個夢嗎？」

雍正拍了下頭說：「記得，當時朕被你的驚叫聲嚇醒，你說有條龍串竄到了你的懷裡。朕安慰你說：我不是就在你懷裡嘛！朕是天子，當然是龍的化身了。沒想到朕理會錯了，原來是我們的小阿哥來報到了……哈哈……」

說著說著，雍正傷心了。他無奈地說：「可惜朕不能把你接到宮裡，和朕一起生活。朕不忍心到時候你們母子分離。」

紅妍依偎在雍正的懷裡，溫柔地說：「臣妾知道萬歲的苦衷，再說我名義上是陳家的人，以後兒子能在你的身邊我也就放心了。我雖然不捨得，但是我的痛苦能帶給皇上的快樂，那麼臣妾也就快樂了。」

雍正愛撫著紅妍說：「東宮懷孕的日子和你差不多。朕想這次把你接到京城去生產，不管東宮是生男還是生女，朕都把那個孩子和我們的孩子調換，朕要讓妍妃為朕生的阿哥繼承朕的江山，這樣也是朕給你的一點補償。你要好好對待東宮的孩子啊。」

紅妍回答說：「皇上放心，我會像帶自己的孩子一樣對待那個孩子的。因為那個孩子的身上流著皇帝的血液！」

後來，紅妍在京城的行宮裡順利生下一個男孩，東宮遲三天生了個女孩。在東宮生下孩子的第二天，雍正才把兩個孩子進行了調換。

他讓兩個孩子在自己親娘懷裡多待幾天，這樣對兩個母親也是一種安慰。滿月後，紅妍抱著女兒回到了陳家。孩子的名字是東宮娘娘自己起的，叫曉鳳。東宮雖然捨不得自己骨肉分離，可是換回來的孩子能夠給她後半生有了地位和依靠，她沒有怨言了。紅妍給兒子起的名字叫弘曆。

所以，乾隆皇帝是海寧陳家的兒子之說，當時是為了混淆一些事實而流傳至今。

獅子楊的故事

清朝乾隆年間，中原有個富豪楊永善，綽號「楊大吃」，只要是能賺錢的生意他都做，還在洛陽以北的楊家集開了一家頗具規模的客棧，名字就叫「大吃客棧」。客棧生意門庭若市，不過住的不一定都是有錢人。

說起楊大吃，這一帶誰個不曉！楊家在楊永善的爺爺那輩起，就是生意人，富甲一方，且接濟窮人，廣結善緣，代代相傳。在這方圓百里，哪一家富紳能和楊家相比呢。

楊家三代單傳之後，到了楊永善這輩，就興旺起來了，他有三個兒子，如今都已娶妻生子了。

楊永善是個高大的漢子，有點胖，圓面孔，濃眉鳳眼，仰月嘴，白淨的臉上留著落腮鬍子，方方的前額油光鋥亮。

楊永善為人善良，在這一帶受過他救濟的窮人，就與他有多少財產一樣，誰也說不清的。就說他的客棧吧，有多少人白吃白住，不計其數。因此，他落了個「大吃」的綽號，有褒有貶的意思。大吃，大家吃也。又，吃與癡同音也。人們見面直呼「大吃」，他都樂呵呵地答應著，怡然自得。

楊永善對感情很專一，在那個年代三妻四妾甚是盛行，可是他卻始終廝守著原配妻子，他們夫妻間的感情就像陳年的女兒紅一樣，越發甘醇濃郁。

年近五旬的楊永善，把生意都交給了三個兒子打理。自己則在客棧整天與南來北往的客人們嘻嘻哈哈，樂不可支。

楊永善有一個最大的缺點，就是說話夠損，挖苦起人來入木三分。年紀一大，更是厲害。人們都知道他那張破嘴，念他是個善人，也沒人跟他計較，他就越發不加收斂了，想怎麼說就怎麼說。

轉眼又到了大比之年，來往的客人中多半是赴京城求取功名的人。

七月的中原，天氣非常炎熱。這一天傍晚，楊永善坐在院子裡桂花樹下的籐椅上，後面有兩個丫鬟給他打著蒲扇，正樂哈哈地與客人閒聊。

這時，洛陽城裡的秀才李勝群與書童前來投宿。這李勝群中等身材，略黑的長方臉上佈滿了麻子，麻子深的地方皮膚相對白了一點。大熱的天緊著趕路，他的臉色有點紫紅色，而麻點處是粉紅色。雖然是兩目炯炯有神，耳大口方風度翩翩，但是這張臉真是不敢讓人恭維。

「公子住店哪？」楊永善眯著一雙鳳眼，抿著略微上翹的仰月嘴，拉長了聲音問道。

李勝群躬身答道：「是的，掌櫃的。」

楊永善打量了一下：「是進京趕考的吧？」

李勝群頗有禮貌：「掌櫃的說對了，學生正是要去京城趕考。」

楊永善忽然咧開了仰月嘴哈哈大笑，李勝群莫名其妙地看著他。

「就憑你──還想進京趕考？看看你那百花盛開的臉，別驚了聖駕。你要是能中狀元，我家的老母豬也能中狀元！哈哈哈……」楊永善一邊說笑著、一邊用手指著西邊的豬圈。

秀才李勝群受此大辱，氣得說不出話來，臉變成了豬肝色，憤憤地轉身與書童離開了大吃客棧。

楊永善與身邊的客人一齊譏笑著，議論著，全然不顧秀才的臉面。

豈知，待到榜文發下來，洛陽秀才李勝群喜中狀元。他帶著隨從數人，八面威風回了家鄉，光宗耀祖，喜得全家上下合不攏嘴。送禮祝賀的人們絡繹不絕，張家真是門庭若市，喜氣洋洋。

狀元郎李勝群沒有忘記在大吃客棧受的恥辱。這天，他對父母說要外出辦事，帶了兩個隨從，騎了馬直奔楊家集。

春風得意馬蹄疾，不知不覺到了大吃客棧。那楊永善正在客棧門口，與張石匠一起觀賞、把玩石獅子。這拳頭般大小的石獅子，是張石匠剛剛完工的手藝，雕刻得活靈活現。

「楊永善！」李勝群斷喝一聲，把楊永善嚇了一跳。他抬眼瞅瞅李勝群，覺得面熟，再仔細一看，想起來了，這是兩個多月前赴京趕考的那個秀才。

李勝群盛氣凌人地說：「我說楊永善，你家的老母豬中了狀元沒有？我可是本屆榜首！那天來客棧投宿，無緣無故地被你侮辱，今天我來討個公道。」

楊永善這才方知這個洛陽秀才已是狀元郎，趕緊陪著笑臉說道：「恭喜公子，喜中狀元。今天我為公子設宴陪罪……」

「誰要吃你的酒菜？」李勝群怒道：「人活一口氣，今天，你跪到地上向我認個錯，再一步一叩首，把我送出楊家集，這事就算完。」

楊永善在這地面上是個受人尊敬的善人，無非就是嘴臭，損人不利己，而李勝群逼人太甚，他如何能受這般窩囊氣？狀元郎得罪不起，楊永善是知道的。
身邊的張石匠趕緊打起圓場，李勝群的隨從黑著臉把他推開了。
李勝群冷笑道：「楊永善，看來你是不願意向我賠罪了，你是想讓你的客棧夷為平地？」
新科狀元既是已知人活一口氣，又何必苦苦相逼呢？退一步，海闊天空，得饒人處且饒人。楊永善貪圖一時口舌之快，管他是刻薄還是缺德，不都已過去了嗎？李勝群也是計較過了頭。
楊永善聽到李勝群說了如此狠話，心想，我只不過開了個玩笑而已，可能損了點，你也沒必要如此興師問罪呀。我年紀一大把了，今後還怎麼做人？
李勝群看到楊永善目瞪口呆的樣子，故意湊到他面前，得意洋洋地大笑起來。

這一大笑，深深地刺激了楊永善。他下意識地舉起手中的石獅子，對準李勝群的腦門砸了下去。李勝群無聲地倒在了地上。
楊永善大錯鑄成，逃進了裡屋，手裡還攥那隻石獅子。此時，他的夫人正與媳婦、孫兒們談論著過重陽節的事兒，兒孫繞膝，笑語融融。突然看到楊永善臉色鐵青、魂飛魄散的狼狽相，大家都吃了一驚。楊夫人正色問道：「出了什麼事？」那楊永善跌坐在太師椅上，一聲不吭。
張石匠跌跌撞撞地進屋來，慌亂地說道：「不好了……那個狀元……他死了，他們已經去洛陽……報官了……」
楊夫人拉著張石匠，得知了事情的經過，癱坐下來。一家人害怕地哭起來，驚動了後院的楊永善父母雙親。
楊永善的三個兒子也聞訊趕了回來。打死新科狀元，可是滅門之罪呀。這飛來橫禍，讓楊家亂做一團。

張石匠對楊永善說道：「事已如此，我看你還是帶上金銀珠寶，一家老小趕緊逃命去吧。」

楊永善無可奈何地哭道：「天地雖大，哪裡是安身立命之處？還能往哪兒逃啊？」

「闖關東吧。」張石匠說：「關東那地方，地廣人稀。百十里地沒人煙，跑馬占荒，去個百十口人，官府根本不知道的。天高皇帝遠，才是你們安身立命之處。我有個叔叔就是犯了事，闖關東去的。」

「可是這……偌大的家業……」楊永善悲痛地說：「楊家列祖列宗創下的基業……毀在我的手裡……」

張石匠歎道：「如果朝廷來人，滿門抄斬，你既對不起列祖列宗，更對不起子孫後代。」

楊永善的三個兒子聽了，覺得張石匠說的有道理，現在不走，更待何時？留得青山在，不怕沒柴燒。

楊家立即備了十多輛馬車，收拾金銀珠寶，遣散不願意闖關東的夥計，拋下店鋪、商號、大宅，數十口人的楊家連夜逃離了家鄉。

楊家萬貫家產付諸東流，背井離鄉過著顛沛流離、亡命天涯的生活。

楊永善在陌生的關東，日日夜夜愁眉不展，一下子蒼老了。在痛苦、悔恨和愧疚中，度過了餘生。

後來，在關東大地上就有了個楊家莊。

兩百多年過去了，楊家的後人們說起自己的姓氏時，就會這樣說：「我姓楊，獅子楊。」

艾蒲插門的傳說

美麗江南，千妖作怪，民不聊生。鍾馗得知後，決定為民除害。

到了江南，鍾馗發現，這些惡鬼妖怪不止禍害世間凡人，就連陰界的善良小鬼也不放過，躲在陰暗角落裡的小鬼們可憐無奈地苦挨著日子。

鍾馗知道，僅憑他一己之力，難以消滅百鬼千妖。他靈機一動，讓小鬼們去凡間各家各戶托夢，讓人們在端午節這天，太陽還沒有出來之前，去採集艾草和蒲草，然後插在門上。

鍾馗要在端午節的午時開始，除惡鬼斬千妖。

端午節這天，天還沒亮，千家萬戶的人們都出門去採集了艾草和蒲草，插在了門上。

中午，鍾馗讓眾小鬼揮舞著艾草為他助威，他以蒲草為劍斬殺惡鬼和妖怪。據說，經過人們採摘的艾草和蒲草，增加了人的陽氣，其功力強大了數倍。

鍾馗斬鬼除妖就用一株蒲草，惡鬼和妖怪看到鍾馗的斬妖蒲劍來自於千家萬戶門前所插的艾草和蒲草，而那武器源源不斷，小鬼揮舞的艾草散發出來的味道又使鍾馗的法力大增。妖魔鬼怪非死即傷，剩下的只能飛快地逃生去了。

妖魔鬼怪剷除了，老百姓又可以過上平安的日子了。為了防止妖魔鬼怪重來，每年的端午節，人們都在門上插艾草和蒲草，為鍾馗斬鬼除怪做準備。

而妖魔鬼怪見到百姓門上的艾蒲就心驚肉跳，懷著滅頂災禍的恐懼，再也不敢去插著艾蒲的人家作怪了。

端午插艾蒲，就這樣代代相傳，直到今天依然盛行。

手執艾草驅惡鬼，揮舞蒲劍斬千邪。這是一段懲惡揚善的神話。

端午吃粽子的由來

在很久很久以前，趙家浜有個趙土根，給地主做長工，一家老小五口難以養活，他聽說跑碼頭能多賺些錢，於是就跟著人去了碼頭。

趙土根一去就是三年，沒有音信。妻子趙氏在家裡帶著孩子撫養老人，挖野菜、做零工，勉強度日。

然而，有一天，年邁的婆婆卻病倒了。老人家一連幾日茶飯不思，清醒的時候看著飯菜說不餓，而在神志不清的時候卻叨咕著要吃粽子。這一家子日常生活都十分艱難，哪有餘錢買米裹粽子。媳婦趙氏除了偷偷抹淚，就是每天天剛濛濛亮去一座破廟裡，給婆婆祈禱。

端午節這天早上，趙氏從廟裡回來，正在路上走著，突然有一條黑狗向她吠叫著撲了過來，趙氏連忙躲閃，不小心絆倒了，那狗見趙氏摔倒在路邊草叢中，抖了抖毛搖搖尾巴。這時候，趙氏看到有許多米粒從狗身上掉下來，可不知為什麼，那狗在地上的米粒上來回踏了三圈，然後搖搖尾巴遠去了。

趙氏待到那狗離開後，才站起來，走近一

看，看見地上的米粒竟然是糯米。她的眼睛一亮，伸手就要去撿那米粒，又遲疑地停住了手，畢竟那米粒是從狗身上掉下來的，何況又被狗踩踏了那麼多次。

趙氏沒有撿米粒就往回走，可是走了幾步她又停下了，反反覆覆來去了好幾回，最後她還是一粒一粒地把米粒撿起來，拿回了家裡。

回到家後，趙氏一個人悄悄地反覆地沖洗那把米，糯米非常潔淨了，然而趙氏還是覺得不乾淨。趙氏把淘洗好的糯米一口一口用嘴含了一遍，然後又繼續清洗。

時近中午，趙氏把亮晶晶的糯米用蘆葦葉子包成了兩個粽子，煮熟後剝好端到婆婆的床前，昏睡的婆婆聞到粽子的香味睜開了眼睛。

趙氏喂婆婆吃好粽子，不一會的時間，婆婆坐了起來，精神非常好。趙氏卻有些害怕，怕婆婆是迴光返照。

就在這個時候，晴朗的天突然雷聲大作，一個個炸雷圍著茅草房炸個不停。

趙氏的臉頓時變得煞白，撲通一聲跪倒在婆婆床前哭著說：「婆婆，對不起！兒媳再不能伺候您了，這雷公是來抓我的。」

婆婆見狀，急忙下床攙扶兒媳起來說：「快別瞎說，雷公怎麼會抓你這麼賢慧又孝道的人呢，快起來！」

趙氏的三個孩子也嚇得大哭起來。

趙氏哭著把粽子的來歷向婆婆說了，婆婆聽後非常感動，跪在地上對著屋外哀求著說：「雷公爺爺，我的媳婦非常孝敬老人，您千萬別抓她走啊！」

雷聲還是不停，而且一聲比一聲響，大地都顫抖了。這時婆婆哭著說：「雷公爺爺，您一定要劈，就劈掉我兒媳一隻手吧！」

說著，老人攥住兒媳的胳膊，把趙氏的一隻手從視窗伸到了外面。

一個響雷剛過，婆婆趕緊拉回趙氏的胳

膊。趙氏只覺得手心唰地一涼，以為是手被雷劈掉了。

就在婆婆拉回趙氏的同時，一團黑乎乎的東西也隨之進了屋子，天空頓時又晴朗了起來。

婆婆發現趙氏的手掌沒有劈掉，只是她的手攥成了拳頭伸不開。婆婆哭著幫趙氏把手掰開，過了好一陣子，趙氏的拳頭終於掰開了，只見她的手中有一隻金燦燦的元寶。

這時，趙氏的三個孩子驚叫起來：「娘、奶奶，我們有很多的粽子！」

婆婆與趙氏一看，地上果真有一大袋粽子。

趙氏一家每人吃了顆粽子，然後把剩下的粽子分給了左鄰右舍的窮苦人家。說來也怪，趙氏的三個骨瘦如柴的孩子，吃了粽子後，身體強壯了很多，有好幾個正在生病的人吃了這粽子，竟然都神奇地痊癒了。

鄉親們都認為，端午節這天吃粽子可以強身健體還能治病，因此，每年的端午節，人們都要包上幾個粽子吃。就這樣，漸漸形成了一個端午吃粽子的習俗，一直延續到今天。

女兒橋的傳說

當年，越王勾踐在吳國三年為奴，吳王夫差念其歸順臣服，故放歸越國。越王返越途中，路過吳越兩國交界的幽湖。相傳幽湖南觀裡的簽極是靈驗，遠近聞名，他便要去求籤卜問越國是否還有東山再起之日。

君臣一行來到觀內，說來也怪，越王手搖籤筒一刻鐘卻不落一籤，覺得甚是蹊蹺，命范蠡搖籤。范蠡跪在那裡，搖了兩刻鐘也是無籤落地。君臣心中十分不安，越王沒有喊停，范蠡繼續搖籤。

這時，觀內一個道士來到越王、范蠡面前，說道：「有籤是無籤，無籤是有籤，其中有玄機，何求籤落地？籤在心中，答案自解。」爾後，那道士邊走邊唱道：

巾飄惹天香，
幗發思悠長，
亂雨打梨花，
無果園淒涼。
興趣索然無，
浜前浣紗忙。
……

范蠡聽了，覺得這道士絕非隨口唱頌，正想問個究竟，只見那道士轉瞬間飄出了南觀，向西而去。范蠡追到觀外，已經不見了道士蹤影。

君臣一行繼續趕路。一路上，范蠡反覆琢磨著道士的話，忽然眼前一亮，覺得參破了道士的暗示。

回到越國後，越王勾踐臥薪嚐膽，休養生息。

而范蠡跋山涉水，尋找絕色佳麗。這一天，已黃昏時刻，范蠡來到苧蘿村的西村，在浣紗河畔遇到了一個浣紗女，夕陽下的浣紗河波光流金溢彩，那少女正在浣紗，天生麗質，超凡脫俗。

范蠡怦然心動。他經過打聽，得知這少女名叫施夷光，二八年華，其父賣柴，其母浣紗。

第二天傍晚時分，范蠡來到了施家，施夷光第一眼看到范蠡時，心中不禁一顫，這個夢中之人怎麼會來到家中？

施夷光臉色一紅，旋即鎮定地給范蠡請坐泡茶。

范蠡微微一笑。當向施父說明來意時，施父一口回絕道：「復國大業是你們男子漢大丈夫的事，讓一個女娃家去施什麼計，這不是羊入虎口？這千萬使不得。」

在父親身旁的施夷光，沉吟了一會兒，說道：「爹爹，國家興亡，匹夫有責。如果女兒能以身報國，成就復國大業，是施家無上的榮耀。」

施母緊緊拉著女兒道：「傻孩子，憑你一個女娃家，怎敵得過千軍萬馬？娘不會讓你白白犧牲自己。」

施夷光從容道：「娘啊，洗雪國恥，還我河山，總會有犧牲的。如果捨我一人能救得千萬人，女兒就值了。」

聽了施夷光的話，范蠡滿懷感動。然而，施夷光的父母無論如何捨不得女兒離開身邊。

施夷光含淚下跪，對父母說道：「爹、娘，女兒心意已定，跟隨范大夫，完成復國大業。女兒不能在爹娘面前盡孝，還望爹娘原諒女兒忠孝難兩全。」

施夷光毅然地隨范蠡而去，並且推薦了苧蘿村隔壁鸕鷀灣村的美少女鄭丹霞。范蠡經過考察，這鄭丹霞也是二八年華，並且性情剛毅，舞得一手好劍，與施夷光一樣深明大義。

范蠡給施夷光取名為西施，給鄭丹霞取名為鄭旦，帶著她們到了越王宮中。越王指定深諳吳國語言、歌舞、禮儀的宮女精心教習西施與鄭旦。

冬去春來，西施與鄭旦勤學苦練，在悠揚的樂曲中，她們翩躚起舞，一個柔美、一個剛毅，越國的浣紗女和舞劍女已訓練成傾國傾城的宮女，一舉手、一投足，顯示出不同凡響的美，且待人接物十分得體。

西施還在空閒之餘，向朝夕相處的范蠡學習文化、練習書法。你有情，我有意，兩人深深地相愛著。

這一年，越王命范蠡把西施與鄭旦護送到吳國，進獻給吳王。

經過星夜兼程，范蠡一行又來到了幽湖。過了幽湖，便是吳國地界了。范蠡他們在幽湖待了一段時間，主要是讓西施與鄭旦向當地百姓學習吳語。

那些日子，范蠡與西施滿懷心事，如此相愛，卻為了復國大業，不得不分離。鄭旦知道了他倆的秘密，暗中提議范蠡和西施秘密拜堂成親。兩個相愛的人經過商議，同意了鄭旦的提議。

於是，他們避開眾人，在小街的閣樓上，由鄭旦為范蠡與西施主持了一場只有三個人的婚禮。范蠡與西施拜了天地成了親。范蠡深情對西施說：「娘子為了國家忍辱負重，待得吳國滅亡時，我們夫妻再相聚圓房。」西施雙目噙淚，深深地點了點頭。

起程的這一天，西施與鄭旦換上了華麗的宮裝，美麗異常。幽湖百姓知道這兩個絕色美女要去吳國了，紛紛從四面八方趕來，為她們送行。

百姓們還在幽湖畔搭了個臨時的亭子，讓西施與鄭旦在下船之前有個小憩的地方。有一個滿臉滄桑的婆婆特意炒了熱氣騰騰的糖糕送過來，她首先來到鄭旦面前，動情地說道：「孩子，在離開國土之前吃口糖糕吧，願你們今後的日子甜蜜、能夠步步登高。就算是咱幽湖嫁女吧！」

然後她來到西施身邊，西施定睛一看，原來這是自己的娘親。施母俯在西施耳邊輕聲說道：「孩子，現在我們不能相認。范大夫已經把我們安置在幽湖西十里處，置了一塊地，取名為施家兜。以後你回來就方便了。到了吳國，要自我珍重，完成國家大事。」她還從口袋裡掏出一個小包交給西施，偷偷地叮囑說：「這是用柿蒂配置的果乾，可以避孕的，每次經後服用，連服三週期，記住千萬別吃番茄，否則就破解了。」

西施心中原本酸楚，這時更控制不住自己的淚水了，范蠡趕緊上前與她耳語了幾句，她方止住哭泣，與鄭旦一起吃了香甜的糖糕。

在幽湖百姓的依依惜別中，范蠡與護衛們把西施、鄭旦送上了船兒。

為了報答熱情的幽湖百姓，紀念這段難忘的日子，得寵後的西施讓吳王在她當年下岸上船的幽湖建了座橋，名為「女兒橋」。在當年她與鄭旦小憩的臨時亭子之處，建造了「語兒亭」。

情深義重的范蠡還出資購下了西施、鄭旦住過的小樓，因為這是他與西施拜堂成親的地方。他請人重新修繕，名為「妝樓」。

那條小街，幽湖百姓命名為「義路街」，以紀念深明大義以身獻國的西施。

幽湖西十裡處的「施家兜」，如今已經是一個百十口人的村莊，村中以施姓為主。

銀杏樹

梅涇河畔有座香海寺，寺廟前有兩棵銀杏樹。一棵為雄樹，枝繁葉茂，一棵為雌樹，每年果實累累。這兩棵銀杏樹已經八百多年，是南宋駙馬濮鳳親手在自家祠堂門前栽下的。後來，濮氏的後人把祠堂建成了香海寺。

香海寺的絕緣方丈和寺廟裡的和尚們，看管著銀杏樹，果子還沒有成熟的時候，誰也不許採摘。每年都是在固定的日子，鎮上的人們一起來採摘。那天凌晨，絕緣方丈按例先上一炷香，祈求神佛保佑採摘銀杏的人們平安無事。

梅涇河畔有個張家，當家的已死了，寡婦李氏帶著三個兒子和兩個女兒過生活。長子張旺生是個挑擔買雜貨的貨郎，次子張旺財和弟弟、妹妹們幫助母親種了幾畝田地，春秋還養蠶收繭，日子過得也算不錯。

這一年的銀杏採摘日，十七歲的張旺生前幾天就發誓一定要第一個上樹佔個好位子，多採摘些銀杏，換些銀兩。因為每年都是跟在別人後面，採摘不了多少銀杏。母親李氏給兒子縫了個可以背在身後而不用手提的雙肩袋子，便於爬樹，便於採摘。

這天，張旺生與母親、弟弟、妹妹起了個大早，在天還沒亮時，就守候在圈住銀杏樹的柵欄門口了，張家是第一家，後來的人們只能排在他們身後了。

太陽剛露出頭，緊閉的香海寺山門打開了。絕緣方丈紅光滿面的走在前面，弟子手拿香燭和祭品緊隨身後。絕緣方丈帶著弟子們走進柵欄，祭奠之後，雙手合十對眾人說：「阿彌陀佛！善哉、善哉，各位施主慢慢採摘，不要擁擠，不要貪心。」然後，打開柵欄門，帶著弟子們出去了。

絕緣方丈剛剛離開，張旺生和人們一擁而入，爭先恐後，張旺生第一個飛快地爬上了樹，手疾眼快地採摘銀杏。

上年第一個上樹的李樹根，落在張旺生的身後，屈居第二，覺得十分恥辱。他一邊往上爬，一邊去扯張旺生的腳，想把對手扯下去，自己上到第一位。只有在第一位的人，可以採摘到最好最多的銀杏。

李樹根幾經努力，終於抓到張旺生的左腳了，用力地往下扯。張旺生右手緊緊地抱著樹幹，左手不停地採摘著，右腳騰出空來踢打李樹根。

那李樹根著急了，瞅了個空子，把張旺生的右腳也抓住了。他得意地喊道：「小子，看你還有什麼能耐？我要讓你和去年的貓頭一樣，摔斷你的狗腿，看你還能和我抗衡？下來吧——小子！」

李樹根雙手一用力，想把張旺生扔下樹去。年少氣盛的張旺生雙手手緊緊抱住樹幹，兩隻腳在奮力掙脫。兩個人在這十幾米高的樹幹上對峙著，樹下的人看得揪心。

李氏替兒子捏了一把汗，大聲喊道：「旺生，可要抓住樹幹，不能放手啊！」

李樹根的老婆也跺腳喊道：「樹根加油，

把他扔下去……扔啊……別手軟！」

樹上的李樹根一咬牙，雙手用力一扯張旺生的腳：「下去吧！」

——結果，雙腿纏著樹幹的李樹根因為雙臂用力過度，腿鬆了一下，不僅沒有把張旺生扯下樹來，自己反而倒頭墜地。

絕緣方丈聽到有人從樹上掉下來，趕緊帶了弟子趕來，為傷者檢查傷勢。只見渾身是血的李樹根死死地抓著兩隻鞋子，人已斷了氣了。絕緣方丈搖頭歎息道：「阿彌陀佛！罪過、罪過呀……」

李樹根的老婆與孩子撲倒在他身上，痛哭呼叫。

然而，銀杏樹上的人們依然爭相採摘銀杏，沒有往地下看一眼，要是從手中掉下一顆銀杏還會覺得可惜，然而摔下了一個人，居然都能無動於衷。

李樹根的哥哥李樹生也在樹上，弟弟墜地後，他排在了第二的位置。他想弟弟真沒用，一個毛頭小夥都鬥不過。

那張旺生的鞋子給李樹根抓走了，赤了腳比穿鞋子更靈便，他一邊往上爬一邊採摘銀杏，甚是得意。突然，他的右腳跟給人咬住了，異常的疼痛，使得他下意識地用左腳猛地一踢——正好踢在了李樹生的眼部，李樹生一鬆口，一隻手去捂眼睛，身體失控了，跌落下去。

李樹生落地時，正好是左胳膊著地，救了他一命，只是這條手臂已粉碎性骨折了，就是華佗再世也醫治不好了，終生殘了這隻手。這與他弟弟相比，他還是算幸運的。

張旺生連勝李家兩兄弟，守住了最好的位子，採摘了很多最好的銀杏，人們都很羨慕，他的母親、弟弟、妹妹都興高采烈。

張旺生的母親李氏心花怒放，因為兒子為她掙了臉，她在人前背後總是說：「我家旺生真是好樣的，像隻小老虎一樣，有這樣的好兒子，我知足了。」

自從張旺生在銀杏樹上顯了本領後，上門說媒的絡繹不絕，都認為把姑娘嫁給這樣的後生不會受欺負。

經過撮合，張旺生與本鎮一個趙姓小財主的三女兒趙鳳嬌定下了親事，這年底張家就把新娘子迎進了門。喜得李氏合不攏嘴：「生個好兒子就是財，就是福！」

時間過得飛快，轉眼又到了銀杏成熟的季節了。今年的銀杏結得又是壓滿了枝頭。

在銀杏開摘那日，張旺生與身懷六甲的妻子早早地起了床，李氏也喊醒了其他幾個兒女，一家人吃好早飯天還沒亮，就又來到了香海寺，等待開門。那鳳嬌拉著丈夫的手，千叮嚀萬囑咐地嘮叨個沒完，讓他注意安全。

張旺生又是第一個上了樹。

鎮上楊家的楊振良早就暗下決心，要在今天與張旺生決一高低。他緊隨在張旺生身後，一把拉住了張旺生的左腳，張旺生抱緊樹幹，抬起右腿就是一腳，正好踢在楊振良的臉上。楊振良的鼻血立即噴了出來，張旺生低頭看到了，得意地笑了笑，顧自採摘銀杏。

李氏與趙鳳嬌在樹下看得真切，眉開眼笑。

那楊振良當然不甘心，用牙齒撕下衣服上的一塊布塞住了流血的鼻子。他的母親與老婆看到了，生氣地罵他不爭氣。

楊振良瞅準了時機，又一把扯住了張旺生的右腳，這次他沒有給大意的張旺生機會，一發力，就把張旺生扔下了樹。由於用力過猛，自己也閃下樹來。

絕緣方丈與弟子們趕緊過來救治。可惜，張旺生當場斃命，楊振良摔成了重傷。

張家與楊家的親屬們哭得肝腸寸斷。而銀杏樹上的人，只關注著樹上的果實，不管他人死活。

張旺生的屍體被抬回了家，左鄰右舍幫助辦理喪事。

李氏拿了一把柴刀，發瘋一般趕到銀杏樹下，哭喊道：「你這害人的妖樹，我今天就砍了你，給我兒子報仇！」舉起柴刀就砍，一刀下去，樹身留下一條深深的傷口，傷口處流出粘粘的液體。

絕緣方丈與弟子們趕來制止：「阿彌陀佛！請施主不要怪罪於樹，手下留情。」

傷心的李氏一邊砍樹一邊哭罵。圍觀的人越來越多。

這時，一個鞋兒破帽兒破的瘋癲和尚來到了李氏面前：「阿彌陀佛！樹本無罪，都是人性的貪婪釀了大禍，施主請三思！」

李氏頓時覺得手臂無力，柴刀也舉不起來了。她怒吼道：「哪來的瘋和尚，不要你多管閒事！」

絕緣方丈認出了眼前這個和尚，趕緊施禮道：「善哉，濟公活佛！」

「濟公活佛？」李氏與圍觀的人們都驚呆了。

濟公活佛看著樹上採摘銀杏的人們，若有所思。他上前用手摸了摸了樹上的傷口，拍了樹身一下，念道：「阿彌陀佛！」繞樹一周，又拍了一下，念道：「阿彌陀佛！」然後又繞樹一周。濟公活佛繞樹三周，拍了三下，念了三聲「阿彌陀佛！」

樹上的人們很奇怪，剛才還果實累累的銀杏突然之間全都消失了。

濟公活佛對李氏笑道：「你快回家吧，你的兒子陽壽還沒有盡，趕緊回去看看吧。」

這時，李氏的次子張旺財急匆匆地趕來，興奮地喊道：「娘……我哥哥活過來了……」

李氏一聽，扔了柴刀，跪地叩拜了濟公活佛，然後轉身就往家裡跑。

第二年，銀杏樹沒有結果。

第三年，銀杏樹還是沒有結果。

就這樣，這棵曾經果實累累的銀杏樹，再也沒有結過果實了。

嫁給傻子的美女

李二愣是窮得出了名的窮漢子。一家九口，只靠他和大兒子做長工養家糊口。一年到頭，新糧接不上舊糧，夏天只能靠野菜度日。到了年關，他只能買點肥肉熬點油，油渣留著年三十晚上包點餃子。這是一家人能享受到的人間美味了。

李二愣雖然貧窮，可是卻不忘祖宗。每年的年三十上午，李二楞都會去買回幾條一寸多長的小魚，稱幾斤麵粉。他的老婆把小魚洗淨了，在鍋裡放幾滴油慢慢烤乾了，與蒸好的饅頭一起供在祖宗的牌位前，點上豆油長明燈，燃上了香。李二愣領著家人恭恭敬敬地給祖先磕頭，祈求祖先保佑明年的日子能吃飽飯（真是窮漢盼一百個來年），從大年三十到新年初三，他每天往長明燈裡加豆油，燒香叩拜。

初三送好祖宗後，每個孩子能分到一條潮軟的小魚和已變硬的半個乾巴饅頭。這是孩子們過年最高興的時刻，因為等一年才能有這麼一次機會。一個個細嚼慢嚥，這麼美味的食物，一定得等到充分咀嚼後，才會不捨得地咽下去。半個饅頭一條小魚，要品嚐半個多小時。看他們那個滿足勁兒，好像世界上的美味就在他們的口中一樣。

李二楞當然也有值得驕傲的——他的三個女兒是這一帶漂亮得出了名。人們都說是雞窩裡的金鳳凰。大女兒金鳳過年十八歲，老二和老三是雙生女，過年十六歲，個個如花似玉，美麗動人。

二月初六，劉媒婆來說媒。這個劉媒婆眼小嘴大，說起話來聲音又高又尖，人沒進來聲已先進來了：「老李他二叔，他二嬸，恭喜恭喜了！你們家時來運轉了，東村的老財主蔣祖旺蔣老爺子，要我來說媒。石頭少爺想娶你家的金鳳姑娘。真是金鳳姑娘前世修來得福啊！那麼大的家業，三房夫人只生那麼一個寶貝公子。」

李二楞一聽，心裡就不樂意了，說：「那蔣石頭……不是整天和一群六、七歲的孩子們玩麼……」

劉媒婆打著呵呵，邊笑邊說：「石頭少爺雖然不那麼機靈，可是，嫁漢嫁漢，穿衣吃飯。蔣老爺子那麼大的家業，不嫌棄你們家窮，是看得起金鳳姑娘。嫁到蔣家做大少奶奶，是多少姑娘的夢想，可是蔣老爺子只看上你家金鳳了。這就是她的福氣……」

劉媒婆憑著三寸不爛之舌，又胡扯了一番。待她走後，李二楞兩口子一合計，雖然蔣石頭是個傻子，可是蔣家是有名的財主，閨女去了能穿金戴銀享清福。再說了，那一筆可觀的聘禮，是他們一輩子也掙不來的。

婚事就這麼定下了，金鳳的眼淚是改變不了這既成的事實。

蔣祖旺打鐵趁熱，二月十八下聘禮，二月二十八就要迎娶。

面對蔣家送來的金銀首飾和鮮豔的彩色錦緞，金鳳心動了。以前她只是看到有錢人家的姑娘媳婦穿金戴銀，如今，這金戒指、金耳環、銀手鐲，還有這麼多的錦緞都是屬於她的，當然會喜笑顏開了。

金鳳關起外屋的門，把首飾一樣樣戴上，一塊塊布料在身上比劃著，母親和妹妹圍在她身邊看，發出驚歎聲。金鳳興奮得好幾夜沒有睡好覺，一雙美麗的大眼睛都有了黑暈。她的兩個妹妹，一會兒摸摸這一會兒摸摸那，金鳳很怕妹妹摸壞了她的寶貝，小心地呵護她的嫁妝。

轉眼就到了二月二十八，金鳳穿上彩緞嫁衣，戴上金銀首飾，化了濃妝，顯得更加美麗動人。按照當地的風俗，出嫁的姑娘得哭一把，表示對娘家的依戀。可是，李金鳳高興還來不及，那來的眼淚與哭聲？她母親怕人家看了笑話，上前用力在她的大腿上掐了兩把，這才掐出兩滴眼淚，哭了幾聲，劉媒婆給新娘蒙上了蓋頭。

蔣家前來迎娶的不是新郎倌本人，而是他的妹妹蔣佩珠，她懷抱著公雞，替兄迎娶。

嗩吶聲聲歡，鼓聲陣陣鳴，迎親的隊伍在吹吹打打的音樂聲中回來了。蔣家鞭炮齊鳴，熱鬧非凡。

新郎倌蔣石頭此時正在屋外與一群孩子搶著撿那沒有放響的鞭炮。黑緞的禮帽也搶歪了，大紅的彩緞馬褂上滿是灰塵，斜挎胸前的大紅絹花，因為礙事被擰到後面去。他背著大紅的絹花和孩子們瘋搶鞭炮，真是滑稽極了。

劉媒婆去把新郎倌拉來給新娘揭蓋頭，蔣石頭一邊憨聲憨氣地說：「我不去，我還要撿鞭炮呢。」一邊往外掙扎著，滿是灰土的手裡還攥著撿來的小鞭炮。

劉媒婆與其他親戚們一起把蔣石頭擁進了新房，他這才無可奈何地把新娘的紅蓋頭扒拉下來。當他看到漂亮的新娘時，把滿手的鞭炮扔了一炕，一把抱住低了頭的新娘，在她臉上

「吧唧」親了一口，把口水和灰塵沾了金鳳一臉。「嘿嘿嘿……我老婆真好看。」他說著又「吧唧」了幾下，然後鬆開金鳳，對圍在屋中的人說：「你們都走吧，把我老婆留下就行了，嘿嘿嘿……老婆，我去撿鞭炮了，這些都給你。」說罷，他用胳膊在炕上一擼，嘩啦一下，把亂七八糟的鞭炮都擼在了金鳳的身邊，然後就噔噔噔地跑出屋外，又去撿他的鞭炮了。

金鳳是哭笑不得。不過，她想的是嫁雞隨雞飛，嫁狗跟狗走，何況，蔣家有這樣一份榮華富貴，可以讓她享受這一輩子的福份。所以面對如此不堪的丈夫，她竟然沒有討厭，也沒有難過。

過了端五節，金鳳在小姑蔣佩珠的陪伴下回了娘家。同村的姑娘來看她，看到的是一個幸福的新嫁娘。她言談舉止之間，無不顯示出富有和滿足：「咱家那日子過得——這不，端五節還殺了一頭豬，豬肉燉粉條子，吃不完還得倒掉了。」

小姑蔣佩珠嘴角往上抿笑著，眼睛用力地眨著，慢聲細氣兒地說：「那有啥，誰家過節還不殺頭豬呢！」

聽到的人都羨慕金鳳嫁了個富人家。

蔣佩珠連飯都沒吃，就回去了。金鳳在娘家要住幾天。

李二楞自從嫁出了金鳳，家裡的條件有所改變，長子李富來娶了趙家的女兒蘭英為妻，家裡也不用野菜度日了。

嫂子趙蘭英對金鳳照顧得無微不至。可是，已做了三個月少奶奶的金鳳，再也吃不下這粗茶淡飯了。沒過上三天，就讓哥哥李富來送她回婆家。

李二楞借了輛馬車，趙蘭英拿出結婚時唯一的一條好被子鋪到了坐椅上。金鳳一副理所當然的樣子，坐了上去，學著蔣佩珠有錢人的架勢，盤著腿，抿著嘴，用力地眨著眼睛，說話細聲細氣兒地：「爹，媽，我回家了。嫂子照顧好爹媽。」還翹起蘭花指，捏著被子的一角說：「呦！嫂子這床被子貨太囊了，等我哥回來給你帶床緞子的。」然後，幽雅地把被子甩離了手，又抿著嘴，仰起下巴，美麗的大眼睛向上看著。

趙蘭英雙手扭在一起，臉上滿是恭維的笑容，略微地彎著腰，仰起臉看著小姑說：「妹妹坐好了。咱這窮人家，沒什麼好招待妹妹的，還要妹妹破費真過意不去。」趙蘭英嘴上是這麼說，可她心裡別提有多高興了：緞子被！那可是有錢人蓋的，我要是能蓋上一床緞子被，也不白來人世一回！

金鳳的眼睛始終是朝上看著，慢條斯理兒地說：「那破費啥？不就一床緞子被嘛，值幾個錢？哥，咱走吧，今天中午讓你好好解解饞。」

馬車很快到了東村。此時，蔣石頭正在與一群孩子們玩老鷹捉小雞的遊戲。他這隻長胳膊長腿的傻老鷹，累得滿頭大汗，一個小雞也捉不到。人雖傻，眼卻尖，當他看到金鳳坐在馬車上，從西邊過來時，便對小孩子們說：「不玩了，我老婆回來了。」說著，一蹦一跳地迎著馬車跑了過去。

李富來一見妹夫迎面跑來，趕緊勒住馬，對蔣石頭說：「妹夫，我送妹妹來了！」

紅頭漲臉的蔣石頭早就忘記李富來是誰了，瞪著眼問：「妹夫？你是誰？」他一邊說著一邊爬上了車，一把拉住金鳳的手搖著說：「老婆，你咋才回來？昨晚上我看見你了，一睜眼你又沒了，我哭了。」

李富來無可奈何地笑了笑。

金鳳用手中的帕子給丈夫擦汗，溫柔地說道：「石頭，他是我哥哥，你也要叫哥哥的……」

蔣石頭「哦」了一聲：「那他咋叫我妹夫？」

「你是他妹夫，他是你哥哥，你要是不聽話，我這就不理你了。」金鳳假裝生氣地把臉扭過去了。

蔣石頭著急了，趕緊撲上前拉著李富來的胳膊叫道：「哥哥！」然後折回來搖著李鳳金的手，嘿嘿地笑著說：「老婆，我聽話，已叫哥哥了。」說完就吧唧一下親了金鳳一口。

蔣石頭有個表兄叫朱慶喜，在瀋陽開了個藥鋪。這次要到長白山訂購一批人參，順路來看看舅舅一家。上次蔣石頭結婚時，他推說生意忙沒有來，他從小就看不起這個傻子鄉巴佬。當他母親與三個老婆喝完喜酒回去，說傻子的老婆如何漂亮美麗、如何與眾不同時，生性好色的他很後悔沒來喝喜酒。不過，他心裡嘀咕，一個傻子鄉巴佬能娶到什麼樣的好貨色？難道雞窩裡真能飛出鳳凰來？所以，他一定要來看個究竟。

當他看到面容嬌好、身段婀娜的金鳳時，不禁在心裡暗罵了一句：這個傻子還真他媽的有豔福！簡直是一朵鮮花插在了牛糞上——不，是狗糞上！

朱慶喜不露聲色，笑容滿面地對蔣祖旺說：「舅舅，前幾天我碰到一個老中醫，我把表弟的情況說了一下，老中醫說表弟是因高燒引起的神經迷亂，中藥配合針灸能治好的！」

蔣祖旺一聽，樂得站了起來說：「要是能治好石頭的病，就是拿我的老命換，我都高興。外甥，難為你還記著你表弟。你讓舅舅怎麼感謝你呀？」

蔣祖旺興奮得老淚縱橫，他哪裡知道朱慶喜是別有用心地胡編亂造呢？

朱慶喜信口雌黃這麼一騙，蔣祖旺便中了圈套。朱慶喜當然很高興，說道：「舅舅，您這麼說就見外了。能治好表弟的病，一直是我的心願。從小舅舅那麼疼我，我能為石頭盡一份力是應該的。」

一切收拾定當，金鳳帶著公公、婆婆的千叮嚀、萬囑咐，與丈夫蔣石頭一起，跟著表兄朱慶喜上路了。

一路上，朱慶喜無微不至地關懷照顧金鳳與石頭，這使金鳳十分感激。

到了瀋陽之後，蔣石頭夫妻倆被朱慶喜安排在一個獨門獨院的地方。兩進的房子，前後各四間。管家是余仁，家丁趙大有，還有兩個傭人是李媽和魏姐。

第二天，朱慶喜吩咐余仁帶著蔣石頭去治病。金鳳怕蔣石頭會胡鬧而耽誤治病，說也要跟著去。朱慶喜在一旁說：「金鳳妹子，你跟在表弟身邊，可能反而不好，先讓余仁帶去試試，放心好了，沒有事的。」

聽到表兄這麼說，金鳳就只好應允了。

朱慶喜怕弟媳等得急燥，就陪著金鳳聊天打發時間。

中午，蔣石頭回來了，金鳳趕緊東問西問的，蔣石頭傻笑著說：「真好玩，大夫那還有糖吃，多好。我們快吃飯吧，下午我還要去。」

管家余仁說：「石頭少爺很聽話的，吃藥、針灸一點兒都不費勁。」

金鳳這才放下心來，說：「石頭在家時給他吃藥太難了，不知得哄多長時間才能吃，而且哄了半天，喝上一口就又蹦又跳，嫌藥苦不肯吃……這個大夫真有辦法！」

朱慶喜笑道：「這老中醫是遠近聞名的大夫，弟妹你就放心吧，命中註定表弟該好了。而且余管家辦事，既細心又周到。」

金鳳鬱結的心好像開了兩扇門，感覺有一片陽光照進來，暖乎乎的。

就這樣，蔣石頭天天被余仁帶去治病，每一次都是蹦蹦跳跳地回來。

朱慶喜為了解除金鳳的寂寞，每天都來教她識字、寫字。

金鳳從小就嚮往讀書識字，可是家徒四壁，那是根本不可能的事。如今，有這麼好的機會，她當然十分珍惜。

況且，朱慶喜每一次來，都會帶些女人的飾物，甚是精緻、新穎，金鳳愛不釋手，對表兄滿懷好感。

聰明的金鳳，學習起來真是用心，成績突飛猛進，同時內心不知不覺起了微妙的變化。她開始依戀表兄了，每天都盼著他來，而等待的時間是那麼的漫長。表兄來了以後，時間卻過得特別快。

漸漸地，金鳳的眉宇間有了愁容。

金鳳的變化，朱慶喜是一清二楚的。他看在眼裡，喜在心裡。他的計畫是一步一步捕獲金鳳的芳心。

而此時的金鳳，既盼著丈夫快好起來，又怕他治好了病回老家去了。金鳳知道自己內心的變化是對不起丈夫的，也是不守婦道的，但就是管不住自己的心。她的心中矛盾極了。她多想把自己的胡思亂想，傾訴給丈夫聽，然而，一無所知的蔣石頭不是出門治病就是回來睡覺。

蔣石頭日復一日與余仁出去治病，而朱慶喜日復一日來陪伴金鳳。奇怪的是，每一次朱慶喜來，全家找不著一個家丁和女傭。偌大一個家就剩他們倆，一個教得心花怒放，一個學得內心波瀾起伏。他倆是各懷心事，各有其喜，各有其憂。

很快，五個多月過去了。這一天，朱慶喜沒有露面。金鳳是坐立不安，拿起筆無從下手，一會兒到窗前看看，一會兒到門口瞅瞅，中飯時她沒有胃口，晚飯時乾脆沒動筷子。到了晚上，蔣石頭已鼾聲如雷，她卻翻來覆去，一夜沒合眼，就是拂不去朱慶喜的影子。

第二天上午，金鳳覺得有點頭暈眼花，無精打采地坐在桌前，對著紙筆發呆。突然，朱慶喜笑容滿面地進來了，對金鳳說：「昨天在忙一筆生意，所以沒有來陪你。」

好比一針強心劑，金鳳精神為之一振，立刻恢復了往日的神采。她趕緊站起來，笑著說：「表兄來了，快坐下，我去泡茶。」

金鳳一轉身，身子搖晃了一下，好險倒下。幸好身旁的朱慶喜一把扶起，順勢把她摟在了懷裡。朱慶喜一改往日的斯文，在金鳳的臉上狂吻。金鳳的臉一下子火辣辣地紅起來，心跳加速，頭暈目眩，她掙扎著說：「表兄，不……」話兒還沒說完，朱慶喜的雙唇堵住了她的嘴，金鳳的手臂情不自禁地勾在了他的脖子上。從未有過的甜蜜貫穿全身，把心泡得顫抖了，所有的痛苦、煩惱、憂傷全都蒸發了，剩下的只有幸福和甜蜜。

「金鳳，我太喜歡你了，第一眼看到你，我就放不下了。」朱慶喜一邊親吻金鳳，一邊喃喃地說：「我那三個老婆加到一起，也不及你的一半，三個婆娘連一個孩子都沒給我生出來。金鳳，我看得出你與表弟到如今還沒圓房……你給我吧，我會堂堂正正地娶你進門。給我吧！」

朱慶喜抱著金鳳來到裡屋，放到了炕上，迫不及待地解著金鳳的衣扣。

金鳳突然清醒了，用了十二分的力氣推開朱慶喜，喊道：「不——表兄，我不能對不起石頭……」

朱慶喜愣了一下，看著金鳳說：「金鳳……我……我說的是真心話，你和一個傻子守在一起，哪來的幸福？金鳳……」

金鳳淚流滿面，語無倫次地說：「不……表兄，我……謝謝你……你回去吧……」

朱慶喜掃興地走到金鳳面前，說：「好吧，金鳳，別哭了，我不會強求的。你自己好好想想，畢竟是關係到你一輩子的幸福……」

他掏出手帕，為金鳳擦淚。

朱慶喜的關心與體貼，讓金鳳哭得更傷心了。她依偎在朱慶喜的懷裡，柔豔無比。朱慶喜不禁也落下了眼淚。

過了一會，金鳳平靜下來，朱慶喜拍了拍她的肩膀，黯然離去。

中午，蔣石頭回來了，看到金鳳躺在炕上，喚她起來吃飯，結果金鳳倒是哭了起來，哭得蔣石頭不知所措，問她怎麼回事，金鳳沒有說，只是哭。

下午蔣石頭沒去治病，陪著金鳳。

傍晚時分，管家余仁從朱慶喜那兒回來，拉著蔣石頭去吃飯。蔣石頭嘿嘿傻笑著說：「可餓壞我啦，李媽、魏姐，你們陪我老婆。」

到了飯桌旁，蔣石頭對余仁說：「讓趙大有去買酒，我今晚想喝酒了。」

余仁疑惑道：「蔣少爺，這……」

蔣石頭揮揮手說：「快去吧，我要喝酒。」

蔣石頭實際上不勝酒力，喝不多少就醉得東倒西歪了，余仁扶他進房，金鳳趕緊侍候丈夫睡下。

夜已深了，在蔣石頭的鼾聲中，金鳳哭泣道：「石頭……你快點好吧，好了以後我們就回家去……在表兄這兒，我真怕……怕做了對不起你的事……有時候我覺得真的控制不住自己了……石頭，你卻這樣整天癡癡呆呆的……」

睡眠中的蔣石頭始終鼾聲如雷。

第二天上午，余仁前來對金鳳說：「少奶奶，那老中醫讓你跟我們一起去，他有事要對你說。」

金鳳與蔣石頭便隨著余仁去了中醫診所。那老中醫一看金鳳無精打彩臉色不好，就要給她針灸。金鳳已知他醫術高明，點頭同意。躺在病床上的金鳳，在針灸的過程中覺得很舒服，不知不覺睡著了，醒來已是中午。

三人便回去吃中飯。金鳳一到家，就東張西望，沒有看到朱慶喜，有點失落，走到裡屋，突然看到桌子上有一封信，她的心怦怦直跳，迫不及待地抽出信箋，熟悉的筆跡映入眼簾：

表弟、金鳳：

我首先向你們說聲對不起！我不該對金鳳——我的弟媳婦起歹念，對表弟藏壞心，覺得萬般慚愧，無顏以對，沒有臉面活在這個世界上了。我走了，請你們原諒。

慶喜絕筆於一九四七年十二月七日

金鳳眼前一黑，昏倒在地。

蔣石頭、余仁他們聽到動靜，趕緊奔了進來。蔣石頭一把摟住金鳳，咧開嘴就哭開了：

「老婆……你不要死……老婆你不能死……」

余仁試了一下金鳳的鼻息，對蔣石頭說：

「石頭少爺，少奶奶是昏倒了，一會兒就好了，您別哭了啊，把少奶奶抱到炕上去。」

這時，余仁看到了金鳳手裡的信箋，抽出一看，便驚訝道：「不好，大少爺出事了！趙媽魏姐你們照看好少奶奶和石頭少爺。大有，快與我去找大少爺。」

金鳳醒來時，余仁與趙大有在一片樹林裡找到了朱慶喜的屍體，他真的自盡了。

余仁立即報了官。官府差人來勘察了現場，對相關的人員做了筆錄，把遺書收了上去，就結案了。

朱慶喜一死，他的三個夫人拿了分得的錢財各奔東西了，只剩下朱慶喜的母親哭得死去活來的。

金鳳大病了一場，經過老中醫的調理，很快康復了。

余仁幫助雇了一輛馬車，金鳳與蔣石頭告別了神情憔悴的姑婆婆，離開了這個傷心的地方，回家去了。

馬車在北方的原野上奔馳著。這時，蔣石頭把金鳳摟在懷裡，深情地說：「老婆，這段時間委屈你了。」

金鳳簡直不敢相信自己的耳朵，吃驚地掙脫丈夫的摟抱，疑惑地說道：「石頭……你說什麼……你？」

蔣石頭愛憐地笑了笑：「老婆，我的病已經治好了。」

瞧蔣石頭那神態、那笑容，哪裡還有一點傻氣呀？金鳳驚喜地說：「石頭……這是真的嗎？石頭！」她喜極而泣。

蔣石頭把她摟過來，說：「老婆呀，這是真的，不騙你。我真的已治好病了。」

金鳳哭了又笑，還嘀咕道：「石頭，這倒底是咋回事呀？我好像在做夢一樣。」

這時，馬夫邊上的余仁回過頭來笑道：「少奶奶，這是真的，不是做夢。反正路途還遙遠，石頭少爺會告訴你所有的事情，就當故事聽吧，呵呵……」

蔣石頭就從余仁說起。

這個余仁，原本姓徐，叫徐建清。他的父親徐守義，就是那個治病的老中醫，繼承了祖傳的中醫醫術，任何疑難雜症都難不倒他，附近一帶的人們都說他是華佗再世。所以，他的華佗堂生意向來紅火。而一街之隔的慶元堂，是朱慶喜的父親開的，卻門庭冷落，無人問津。當時朱慶喜是街頭混混，有一天惱羞成怒，點了一把火燒了華佗堂。

這是十年前的事了。那時才十三歲的徐建清因為對中醫不感興趣，就在天津的舅舅家學木工雕花。而那天他的父親徐守義正好出診在外才免遭此劫。然而，那場大火奪走了徐建清的母親、弟弟和妹妹三條活生生的性命。

徐守義痛不欲生，去天津向親人哭訴這飛來橫禍。少年徐建清決意要為死難的親人報仇，因為他從小在外，朱家人不認識他，他就化名余仁，翌年到朱家作了一名家丁，臥薪嚐膽，伺機報仇。十四歲的徐建清手腳勤快，又聰明伶俐，朱慶喜甚是喜歡。

一晃十年過去了。去年朱家的老管家告老還鄉，朱慶喜讓二十四歲的徐建清當上了管家。

半年前，朱慶喜把金鳳和蔣石頭帶到瀋陽後，告訴徐建清：「每天上午和下午，把這傻子帶出去，隨便什麼地方都行，但要對金鳳說是給他治病，不得洩露任何消息。過個一年半載就把他滅了。還有，要告訴下人，如果我來看金鳳，都必須迴避到外面去，嘴巴都得嚴實點兒，否則別怪我不客氣。」

徐建清點頭應諾。

按照朱慶喜的吩咐，徐建清每天都把蔣石頭帶出去，帶到自己的父親那兒。

他的父親徐守義隱居在一條小巷深處，早已不給他人問診治病了。徐建清對父親一說蔣石頭的病情，再經過診斷，便認為這種病是高燒引起的神經迷亂，就試著給蔣石頭針灸治療。經過三七二十一天，蔣石頭已經恢復正常了。

這時，徐建清向蔣石頭道出了朱慶喜的真實目的：把他整死，佔有金鳳。蔣石頭聽從徐建清的建議，繼續裝瘋賣傻，以尋找機會帶走金鳳回家去。

就是在這段時間裡，蔣石頭拜徐守義為師，學習文化和中醫醫術。

那一天朱慶喜以為時機成熟，欲強佔金鳳，結果遭到金鳳拒絕。他惱怒不已，把徐建清找去，讓他在明天務必結果了蔣石頭。

徐建清回來後，趁蔣石頭故意鬧著要喝酒時，支走了其他幾個下人，商議了計畫。

第二天上午，徐建清與蔣石頭把金鳳帶到了父親徐守義那兒，說是針灸，其實是催眠。在金鳳睡著以後，徐建清與蔣石頭悄悄地返回住所。蔣石頭蒙著被子躺在炕上，徐建清則躲在一旁守著。

果真，那朱慶喜又來了。他哼著小調走進裡屋，高興地喊道：「金鳳……我的寶貝……我來了……」他坐在炕沿上，推推被子下的人，不見動靜，便掀起了被子，只見蔣石頭怒視著他。

朱慶喜一驚，起身就走，徐建清持著一根鐵棍在門口攔住了他。朱慶喜故作鎮靜地喝道：「余仁，快動手，把這傻子送到老家去。」

「哈哈哈……」蔣石頭在他身後大笑起來。

這時，朱慶喜才知道自己的末日到了。他顫抖地寫了那份絕命書後，在徐建清與蔣石頭的押送下，來到西邊的樹林裡，惡貫滿盈、機關算盡的朱慶喜自己掛在了樹枝上自盡了。

原來是這樣啊！金鳳聽了，倒吸了一口冷氣，這表兄居然包藏了這樣的禍心，險些葬送了自己丈夫的性命。幸好遇到了徐建清，化險為夷。想想都後怕。

金鳳哭了起來。蔣石頭拍著她的肩膀，疼愛地說：「老婆，一切都過去了。你嫁給了一個傻子，多不容易，還從未做過對不起我的事，我真的很感謝你……老婆！」

此時的金鳳依偎在丈夫的懷裡，才真正體會到了幸福。她破涕一笑。

馬車飛奔向前，嫁給傻子的美女金鳳將開始新的生活了。

我的爺爺陳國賢

我的爺爺陳國賢，是晉察冀抗日根據地十二團的偵察排長、神槍手。崢嶸歲月，滄海橫流，我爺爺以熱血男兒之軀征戰沙場、英勇抗日，盡顯英雄本色，是所有抗日戰士的一個縮影。

那是一九四三年六月，抗日烽火在中國大地上正激烈地燃燒著。我爺爺帶領十二名戰友，在名叫柳河清的地方執行偵察任務。下午四、五點鐘，被漢奸劉有仁發現。這劉有仁，認識我爺爺。等我爺爺發現後，劉有仁已帶著三百多個日本鬼子，包圍了我爺爺等十三名八路軍戰士。敵眾我寡，形勢嚴峻。我爺爺果斷地指揮戰友迅速佔領有利地形，隱蔽起來準備戰鬥。

這時，藏身暗處的漢奸劉有仁開始喊話了：「陳國賢！你們被包圍了，你們只有十三個人，皇軍有三百多人。投降吧！河野司令說了，他欣賞你是條好漢子，只要你投誠過來，就委任你做柳河清的保安大隊長。」

「八格牙路！——是保安團團長。」一個

日本鬼子罵了劉有仁一句，糾正道。

「對、對……」劉有仁趕緊接著說：「是保安團長，多美的差事呀！吃香的喝辣的，享不盡的榮華富貴。否則的話……」

「你說的當真？」我爺爺閃出隱蔽之處，響亮地反問道。

「當然。當然是真的了。千真萬確，皇軍說到做到。」劉有仁迫不及待地回答。

「如果這樣，我不為自己，也得為自己的兄弟們著想。」我爺爺亮著大嗓門對劉有仁說：「可是，你們躲躲閃閃，連面都不肯露出來，我怎麼相信？你和皇軍長官出來，要他親自與我談判條件，這樣才有誠意嘛！」

對方沉默了一會兒，劉有仁喊道：「陳國賢你不許耍滑頭，小心我們把你打成篩子。」

我爺爺哈哈一笑道：「你們重兵包圍，我們一共才十三個人，這滑頭怎麼耍得過你們？再說了，我才二十來歲，還不想這麼早就送命了。」說完，爺爺給身後的戰友們使了個眼色，大家會意地點點頭。

劉有仁一聽我爺爺說得在理，就滿臉堆笑地從一堵牆後走了出來，有個日本軍官跟在劉有仁的身後，還有十幾個荷槍實彈的鬼子兵，一個個耀武揚威，不可一世的樣子。

「我就知道……」劉有仁的話還沒說完，我爺爺的槍響了，正中他的腦門。這個民族敗類，轉瞬之間結束了他罪惡的生命。他身後的日本軍官也不能倖免，腦袋被子彈穿了個眼，這個沾滿中國人鮮血的侵略者，連哼一聲的機會都沒有，倒在了他曾經踐踏過的土地上。

我爺爺的戰友們同時開槍，這突如其來的襲擊，把鬼子打了個措手不及。雙方進行了激烈的槍戰。

天已漆黑一片，鬼子死傷慘重。熟悉地形的漢奸一死，加上他們的頭兒斃命，這些鬼子們摸不著頭腦，胡亂地放著槍。我爺爺他們邊打邊退，安全突圍。

我爺爺把十二位戰友帶到了家中，這是我爺爺參軍三年來，無數次路過家門而唯一一次回家。太爺爺、太奶奶和我奶奶高興極了，他們一邊給幾個掛彩的戰友包紮了傷口，一邊把家中僅有的大米煮成飯，讓大家吃了個飽。也就是這一次我爺爺走進家門，才讓我奶奶懷上了他們的孩子。爺爺是在奶奶十五歲那年把她娶進家門的，這一晚才是他們真正的洞房花燭夜。第二天早飯後，我爺爺就帶著戰友出發了。時年二十歲的奶奶依依不捨地送別了爺爺。豈料，此次一別，竟成永訣。

一九四四年一月二十一日，我軍在一場激烈的戰鬥中，因敵眾我寡，傷亡慘重，首長命令部隊立即撤退。

在部隊後撤時，有幾個戰友突然無聲地倒在了我爺爺面前。原來不遠處有個暗堡，鬼子在瘋狂地向我方射擊。憤怒的爺爺敏捷地繞過去，拔出兩顆手榴彈，打開保險蓋甩進暗堡，在巨大的爆炸聲中，幾個鬼子被炸死。我爺爺繳獲了一挺輕機槍，兩百發子彈。槍聲漸漸平靜下來，鬼子的增援部隊沒有追來。

我爺爺背著戰利品，迅速撤退。這時，戰場上有一個垂死的鬼子舉槍瞄準了我爺爺。我爺爺的下腹被打了兩個窟窿，鮮血頓時湧了出來。

我爺爺在倒地的瞬間，揮手就是一槍，擊斃了這個鬼子。我爺爺倒在地上，感到渾身劇痛。他一咬牙坐直身子，低頭一看，腹部已被鮮血洇紅，腸子也露了出來。我爺爺忍著劇痛用手塞回腸子，脫下軍裝，撕下兩條寬寬的布條，緊緊纏裹在腰間，拖著輕機槍、背著兩百發子彈追趕隊伍。

大約趕了十幾里路，我爺爺太累了。就在一片樹林邊，躺下來休息。因流血過多而口乾舌燥的爺爺抓了一把雪塞在嘴裡，潤了潤乾渴的喉嚨。然後，他用手挖了個坑，把機槍和子彈埋藏好。我爺爺撐著虛弱的身子，繼續趕路。

又是十幾里路，我爺爺終於趕上了已經宿營的隊伍。一見到戰友，他就急切地說道：「快！往北大約十里路的地方，有片樹林的南頭有我埋的機槍和兩百發子彈，快去取來！」——這是我爺爺一生中最後的一句話。

無論戰友們千呼萬喚，流盡了鮮血的我爺爺還是永遠地閉上了眼睛，年僅二十一歲。

團長和政委聞訊趕來，悲痛地為我爺爺清洗好傷口、給他換上了一身新軍裝。

部隊宿營的地方離我家兩百多里路，團長、政委騎著馬親自護送我爺爺回家。同行的還有上次在柳河清與我爺爺一起突圍的九位戰友。爺爺是農曆正月初五犧牲的，到家已正月初七。

太爺爺、太奶奶撲倒在我爺爺的靈柩上放聲悲哭。我奶奶挺著個大肚子，猛烈地搖晃著爺爺那已僵硬的遺體，更是哭得撕心裂肺。那悲愴的痛哭，令天地鬼神為之動容，天上下起了鵝毛大雪，祭奠一個年輕的民族英靈。

團政委把爺爺的遺物交給太爺爺，其中有那套千瘡百孔的、血染的軍裝。還有一張立功獎狀。

我奶奶把我爺爺那套變硬發黑的軍裝深情地抱在懷裡，用顫抖的手撫摸著、撫摸著……

英雄長逝，英靈永存。

我爺爺這套血染的軍裝，一直放在我奶奶的枕邊、伴隨著我奶奶走完了人生的道路。

畸形情緣

一

失戀的嵐嵐十分鬱悶，在雙休日獨自一人漫無目的地行走著，也不知道走了多久，當覺得饑腸轆轆時，正好走在一家川菜館前，於是她走進了這家川菜館。

當嵐嵐走進餐館的一剎那，忽然聽到裡面輕微的驚歎和唏噓聲，便抬頭看過去，她的目光與坐在收銀台裡的人目光相遇，兩人都不約而同地張開吃驚的嘴巴。

嵐嵐簡直不敢相信自己的眼睛，收銀台裡坐著的人怎麼與自己一模一樣，就連髮型都一樣。難道世界上真有兩個相同的人？

收銀台裡的是餐館老闆娘于文靜。

兩人一交流，居然一見如故。

嵐嵐與于文靜就這樣相識並成了好朋友。她們以姐妹相稱，于文靜比嵐嵐大一天，自然成了姐姐，嵐嵐為妹妹。

嵐嵐似乎找到了寄託，只要是學校裡沒有

課，就來到她乾姐姐的餐館，有時甚至逃了課也來找于文靜聊天、喝酒。

于文靜的丈夫小郭是個非常寵愛妻子的人，見妻子認了個乾妹妹，兩人情同姐妹，也覺得非常開心。只是，他經常要認錯人——有時候把嵐嵐當作妻子，有時候把妻子認成嵐嵐，鬧出了不知多少笑話。——當然，川菜館的員工更搞不清誰是老闆娘了。嵐嵐對店裡的員工都很熟悉了。

相處久了，嵐嵐和于文靜無話不談，她們之間幾乎沒有秘密，就連閨中最隱秘的事情，也會相互坦白。這姐妹倆不僅容貌相似，性情也是一樣。

于文靜從與嵐嵐談話中得知，嵐嵐是個聰明乖巧的女孩，從上大學開始就利用課餘時間做家教，如今是研究生了，依舊如此。嵐嵐的男朋友姚強是她高中同學，雖然高考後分別被兩所大學錄取，但都是在同一座城市，又同時考上了研究生。令嵐嵐沒有想到的是，相戀五年的姚強竟然讓一個社會上的女孩勾引去了。嵐嵐傷心到了極點，她曾經想到過結束自己的生命，可是又覺得這樣對不起自己的雙親。在最傷心的時候，她遇到了于文靜，這位只比自己大一天的乾姐姐，給了她深深的關愛，令她無比溫暖。

突然有一天，姚強出現在川菜館，來找嵐嵐。

當時，嵐嵐與于文靜正在收銀台裡聊天，姚強一時分不清哪個是嵐嵐，對著姐妹倆跪了下來，淚流滿面地哭求嵐嵐原諒他，他說那個小霞是個社會女青年，只是被她美麗的外表所迷惑，所以一時糊塗與她好上了，而他是個研究生，雙方沒有共同語言，兩人已經分手了。

嵐嵐「哼」了一聲，站起來不理他。

那姚強才知她是嵐嵐，他跪在她身後，說道：「嵐嵐，只有你這樣的知識女性，才是我的所求。念在五年相戀的情份上，原諒我吧，讓我們重歸於好。」

嵐嵐冷冷地說道：「你不是說她漂亮又有錢嗎？財色兩得，不正是你的所求嗎？」

姚強跪了半天，嵐嵐毫不心動。于文靜有點難堪了。

突然，姚強飛快地站起來，摔碎了嵐嵐喝茶的杯子，撿起一塊玻璃碎片向自己的手腕割去，頓時，鮮血湧了出來。

姚強這突如其來的舉動，可把嵐嵐和于文靜給嚇壞了，手忙腳亂地要給姚強包紮。姚強舞動著傷手，鮮血隨處揮灑，他紅了眼激動地聲稱自己活著已經毫無意義。

由於失血過多，姚強昏迷了。于文靜立即報了一一〇，救護車很快趕到了。

當姚強醒來時，看到嵐嵐眼睛紅腫地守在身邊。他一把扯下了點滴的針頭，又吵鬧著要尋死覓活。

嵐嵐見狀給了他一個耳光，流淚罵道：「你要死就去死吧，我不管了。」

她轉身就走，姚強一把拉住了她，哭道：「嵐嵐……你不要走，嵐嵐……別離開我……」

嵐嵐心一軟，答應了姚強。

重歸於好的嵐嵐和姚強經常去于文靜的店裡坐坐，聊天喝茶。

于文靜內心很討厭姚強，看不起他，然而，嵐嵐因為重新擁有了愛情，人變得精神了，每天都像在蜜罐裡一樣甜蜜，于文靜只能任其自然。

二

然而，好景不長。過了三個月，突然有一天，嵐嵐神情憔悴、滿懷悲傷地悲傷地出現在於文靜面前。

剛剛跨進收銀台，嵐嵐就撲到于文靜的懷裡哭開了。她哭了好長時間，才止住了哭泣。

原來，姚強的女友小霞又回來了。三個月前，小霞是與一個外地富豪私奔出走了，那個富豪其實也只是玩弄她，玩弄得厭倦了，就扔給她一筆錢，一腳踢開了。小霞回來後，找到姚強，既獻柔情又買禮物，把姚強迷得舊情復燃，堅決要與嵐嵐分手，無論嵐嵐怎樣挽留都無濟於事。

于文靜不禁罵道：「這個負心的賊！」

嵐嵐咬牙切齒地說：「一定要報復他們。」神情很可怕。

于文靜便像哄孩子一般，勸解著嵐嵐。

于文靜的父母從四川來電話，說她已四歲的女兒連續發高燒，讓她回家去看看。嵐嵐聽了，願意隨于文靜去四川散散心。

于文靜與嵐嵐去了四川，女兒果然高燒得厲害，在當地衛生院打點滴已好多天了，一點用也沒有。她們趕緊帶了孩子去成都檢查治療，藥到病除，孩子很快就退燒了。

嵐嵐很喜歡這個孩子，既漂亮又活潑，玩得非常開心。

從四川回來後，嵐嵐似乎輕鬆了許多，還一再對於文靜說已經調整好了自己的心態，讓她不要擔心。

又兩個月過去，這一天是于文靜的生日。嵐嵐為乾姐姐買了兩套紅色連衣裙，兩雙紅色皮鞋，連絲襪也是紅色的。

于文靜取笑道：「妹妹，姐姐生日又不是結婚，幹嘛買來一身紅呀？現在就差頭上沒有紅色了，否則可真是從頭紅到腳了。」

嵐嵐從挎包裡取出一隻精美的盒子，裡面是一對精美的紅色髮夾，她嬉笑著說：「姐，最近不順的事情太多了，紅色多喜慶，把霉運全部沖走。」

姐妹倆把這套紅色服飾穿戴好了，幾乎難

分彼此。小郭一見，哈哈大笑說：「兩個紅孩兒，還真喜慶。」

川菜館的生意讓員工打理，于文靜夫婦與嵐嵐一起在三樓的雅間，盡情喝酒慶賀。雖然只有三個人，因為嵐嵐興奮異常，調動了雅間裡的情緒，歡聲笑語不斷，酒也喝得盡興。

于文靜卻沒敢多喝。

小郭已灌醉了。于文靜要扶他去房中睡覺，嵐嵐卻興奮地拉著于文靜，還要乾杯。

于文靜說道：「嵐嵐，你姐夫都已喝醉了，今天不能再喝了，反正我們經常在一起，下次再喝吧。」

嵐嵐點點頭，把杯中酒一口氣乾了。然後與于文靜一起，把小郭扶進了臥室，讓他躺下了。

這川菜館的三樓，不設包廂，是于文靜夫婦的住處，有好幾個房間都空著。

看看夜已深了，外面又是陰雨天，嵐嵐租的宿舍離川菜館有一站路，于文靜不放心，讓嵐嵐過一夜，明天早晨再回去。

可是嵐嵐一定要回去睡覺。于文靜對任性的嵐嵐無可奈何，便關好房門，送她回到宿舍。

三

昏昏沉沉睡了一夜的小郭醒來後，看到妻子還在沉睡，便輕手輕腳地起了床，去衛生間洗漱後，到樓下店裡看看，廚房裡的員工已經在洗菜切肉了。

他在收銀台坐下來，正翻看著昨晚的帳單，突然有兩個員警走到收銀台前，正色說道：「請問于文靜在嗎？」

小郭立即站起來，說：「她在啊，還在睡覺，有什麼事？」

員警說：「你把她找來，有一個案子要她協助調查。」

小郭讓他們稍等，飛快上樓，喊醒了于文靜，于文靜來不及梳洗，神情緊張地跟了下來。

員警確認了于文靜的身份後，讓她到派出所去一趟，小郭不知道發生了什麼事，跟著去了。

小郭在派出所門口焦慮不安地等待著，一直等到了中午，才看到于文靜出來，神情悲慟，雙眼紅腫。小郭扶著妻子的肩膀問道：「究竟發生了什麼事？」

于文靜泣不成聲地說：「嵐嵐……她……她已死了……」

小郭簡直不相信自己的耳朵。

原來，天還沒亮時，員警接到一個清潔工報警，說在一個小巷看到一具紅衣女屍，似乎是從樓上失足掉下來的。員警到了現場察看，死者衣著完整，找到了死者的身份證，還在她的手機裡發現昨晚深夜最後一個短信是發給姐姐的——這個姐姐，經過去移動公司查核，就是于文靜。

員警讓于文靜敘述了昨晚的經過，做了筆錄。

小郭也沉浸在悲痛中，不解地問道：「嵐嵐她……怎麼會……？」

于文靜哭道：「聽員警的意思是，嵐嵐她是自尋短見，也許是……那個負心漢太傷她的心了……」

根據于文靜的筆錄，員警走訪了嵐嵐讀研的學校，得知嵐嵐與姚強是同學，談過戀愛，最近又失戀了。員警找到了姚強。姚強得知嵐嵐死訊後，十分驚訝，淚如雨下。

嵐嵐的父母接到派出所的電話，急急地趕來了。在殯儀館的停屍房，他們看到自己的女兒長眠不起，便抱頭痛哭。待到他們平靜下來，員警簡要地講述了案件的經過，初步認定是失足墜樓，還有一種可能是跳樓自盡，基本排除他殺。如果家屬同意，法醫進行驗屍。嵐嵐的父母都是退休老師，好面子，認為女兒既然不是他殺，不必驗屍了，給死者以尊重為好。案子就這樣了結了。

嵐嵐的追悼儀式就在殯儀館舉行。嵐嵐的親屬、學校的師生，還有于文靜與小郭都前來參加了追悼會。當大家看到悲傷痛哭的于文靜時，不禁驚呆了：這不是嵐嵐嗎？

嵐嵐的父母更加驚訝。嵐嵐生前曾經告訴過他們，她認了一個乾姐姐，容貌、性情幾乎與她一模一樣。當時他們就想趕來看看，沒有想到耽擱了些日子，嵐嵐已命歸黃泉了。

等到喪事辦好後，兩個老人捧了嵐嵐的骨灰盒回到老家，于文靜與小郭把他們送到了車站，臨別時，于文靜對兩個老人抽泣道：「嵐嵐不幸離去，我與她是結拜姐妹，今後你們就把我當作自己的女兒吧，想嵐嵐的時候，來看看我。」嵐嵐的父母點點頭，雙方留下了電話號碼。

自從嵐嵐死後，于文靜沉浸在悲痛之中，經常以淚洗面，話語也少了，對什麼都不關心。小郭看了很心疼。嵐嵐之死，小郭也極為傷心。小郭讓妻子不要去料理店裡的事，自己則裡裡外外地忙忙碌碌著。待深夜忙完事上樓，于文靜已經睡著了。而把她驚醒之後，她又難以再入眠。所以，小郭就睡到了另外一個房間，不打擾妻子睡覺。

四

姚強在嵐嵐死後的第三天，傳達室的大爺交給他一封信，拆開一看，居然是嵐嵐的遺書，其中這樣寫道：「你這個負心的賊！都說穿紅色衣服死了後會變成厲鬼，我要變成厲鬼，報復你們這對狗男女，你們等著吧，等著報應……」

姚強渾身不寒而慄。他不敢告訴任何人，立即燒了這遺書，還用力碾著地上的紙灰，心想：「嵐嵐呀，你死了都不放過我。我姚強就不相信世上還真的有鬼。嚇唬我？做你的鬼夢去吧。」

提心吊膽的一個月過去了，嵐嵐沒有化成厲鬼來報復。姚強放下心來。他與小霞出雙入對，過著幸福的生活。

大約是又過了一個月。有一個週末的午夜，姚強送小霞回家，路過一片竹林時，突然聽到一聲尖叫：「你們這對狗男女，拿命來！」姚強心一驚，眼前閃過一道白影，發出幽藍的光點，露出一張恐怖的白臉，沒有下巴，臉上血肉模糊似乎還滴著血。

小霞驚叫一聲，倒在地上。姚強一把抱住她，對著白影厲聲問道：「你是誰？別裝神弄鬼了！我姚強可不信這邪。」

那白影伸出雙手向姚強的面部抓來，怒道：「你們害我無法做人，我已經得到閻君的應允來報仇雪恨。」

姚強抱著小霞一轉身，忽然覺得臉上火辣辣地疼痛，他知道是那白影的手指劃破了他的臉。

轉眼間，一團白霧升起，姚強與小霞籠罩在白霧中，待白霧散盡，眼前沒有了那個白色的影子。

自此以後，姚強經常會遇到這個恐怖的白色影子，每次都會留下傷痕。有時，姚強在睡夢中會被奇怪的聲音驚醒，然後會看見白色的影子在房間裡飄來飄去。

想起了嵐嵐的那封遺書，姚強開始真正害怕起來。潛意識裡飄滿了白色的影子，揮之不去，讓他寢食難安，神經衰弱。

在旁人的指點下，姚強找過巫醫、神婆，然而他們的神符根本克制不了這個厲鬼。有人說去廟裡燒香叩頭求菩薩保佑，姚強與小霞去廟裡求來了觀音戴上，家裡擺上神佛的牌位、神像。可是，這一切都無法降住那個來無影、去無蹤的白影。

姚強暗地裡去外面租了間房子，沒有人知道那個地方，然而沒過幾天，那白影又尾隨而至，姚強與小霞被折磨得無法安生。

三個月過去，小霞精神恍惚，意識不清，被家人送進了康治醫院。

五

時間過得真快，一晃又是一年。

這天深夜，小郭剛入睡不久，被急促的電話鈴聲驚醒，是于文靜從醫院打來的，讓他立即去醫院，因為她難產需要手術。

小郭納悶地穿衣起床，急忙趕到了醫院。

于文靜已經進了手術室，醫生在手術門口讓小郭趕緊簽字，看到醫生著急的樣子，小郭立即簽了字。

醫生進了手術室，小郭在走廊的長椅上坐下來，想著心事。他在想，嵐嵐死後，妻子的性情變化得太大了。預產期還有一個多禮拜，就算是要提前生了，也應該告訴他陪著一起來才對。

小郭真是想不通。

一年前，嵐嵐不幸死亡後，于文靜心情一直不好，夫妻倆分居了二個多月。看到妻子愁眉不展，小郭對她說：「嵐嵐已經過世了，你再這樣痛苦下去，她也不會活過來，雖然姐妹情深，但也要接受現實。要不，我去老家把女兒接來，陪陪你，會開心些。」

于文靜搖頭拒絕。小郭說：「那麼，我們再生一個吧，要不是嵐嵐的事，我們早就有第二胎了。也許有了寶寶之後，你會淡忘過去的一切了。」

于文靜開始是拒絕的，過了幾天，她同意

了，與小郭同房。不過，每次做愛之後，她還是回到自己的臥室睡覺。分房睡覺，互不打擾，小郭也習慣了。

一個月之後，于文靜發現自己懷孕了。

因為川菜館的生意都要靠小郭料理，每次去醫院體檢，都是于文靜自己一個人去的。小郭也不在意，反正是二胎了，妻子知道怎麼做的。

讓小郭欣慰的是，妻子自從懷孕之後，心情好多了，笑容終於又回來了。有時候，還到收銀台前坐坐，幫助收收餐費。

十天前，于文靜對小郭說過，孩子很快要生了，表情很幸福。

或許是妻子感覺到要生了，自己跑到醫院來檢查，結果檢查之後已發現面臨分娩，所以她沒有來得及告訴他。

小郭靠在椅子上，腦子裡一團漿糊。

過了好一會兒，手術門開了。小郭聽到了嬰兒的哭聲，然後看見一個護士急匆匆走出來，他趕緊迎上去問道：「孩子出生了嗎？一切都好嗎？」

護士一邊往外走，一邊說：「是個男孩，母子平安，放心吧。」

小郭放下來心來，在椅子上又坐了一會，看到護士把妻子推出來，嬰兒已放在保溫箱裡。于文靜看到他時，虛弱地一笑。

小郭跟著來到了于文靜入住的病房，與護士一起把妻子扶到床上躺好，護士離開了，小郭握著妻子的手，一起看著保溫箱裡的嬰兒。

產後的于文靜很虛弱，話也不想說，很快就入睡了。

小郭給她掖好被子，收拾東西，床頭櫃上有護士剛剛放下的病歷卡，隨手翻開看看，醫生的字龍飛鳳舞，如同天書，正要合上，忽然看到潦草的字跡中有「第一胎」的字樣，有點發蒙。妻子明明是第二胎了，准生證上不是很清楚嗎？後來一想，也許是醫生忙中出錯，寫錯了。這樣一想，小郭釋然了。

六

小郭靠在妻子床邊打了個盹，天就亮了。他趕緊去外邊買來早餐給妻子吃。于文靜有點餓了，吃得很香。

然後，小郭去開水房打水。正走在走廊上，忽然聽得有人喊他：「小郭……小郭……」，他下意識地回了一下頭，看到嵐嵐的父母向他趕來。

小郭疑惑地看著嵐嵐的父母，問道：「伯父、伯母，你們……」

嵐嵐的母親急切地問道：「是文靜生了吧？——小郭啊，文靜在哪個房間？她是我們失散了二十五年的女兒呀……」

小郭驚訝地張大了嘴，說不出話來。

他們就在邊上的長椅上坐了下來，嵐嵐的母親向小郭道出了這個曲折的往事。

原來，嵐嵐有個孿生姐姐，叫薇薇。嵐嵐的母親產假結束後，婆婆帶管這對雙胞胎姐妹。就在這對姐妹十個月大的時候，婆婆不小心把腿摔骨折了。

嵐嵐的父母都是老師，分身乏術，只好請了一個來自四川的劉嫂，劉嫂言語不多，為人勤快，照顧兩個孩子盡心盡力。

就在姐妹倆生日那天，嵐嵐的母親請了兩小時的假，給兩個孩子拍周歲照片。拍完照片，嵐嵐由母親抱著，薇薇由劉嫂抱著，從照相館回家。路過一家食品店，劉嫂想起奶粉沒有了，讓嵐嵐的母親先回家，自己抱著薇薇進了食品店。嵐嵐的母親回到家裡，把嵐嵐交給床上的婆婆後，急急忙忙上班去了。

嵐嵐的母親到了學校，一節課還沒有上完，劉嫂臉色煞白，邊哭邊喊，找到學校來，說是薇薇不見了。她抱著薇薇在食品店買奶粉時，忽然急著要上衛生間，想讓售貨員幫助抱一會薇薇，售貨員不肯，邊上有個老太太自告奮勇，抱了薇薇。劉嫂從衛生間出來，卻不見了那個老太太，薇薇也沒了蹤影。她急忙問售貨員，售貨員說：「這麼多人，我怎麼知道誰是誰？」

嵐嵐的母親聽了，眼前一黑，雙腿一軟，幸好劉嫂扶著了她。嵐嵐的父親趕了過來，與劉嫂一起去報了案。

公安查了好多天，一無所獲。把嵐嵐的父母急得頭髮都白了。劉嫂低眉順眼，十分尷尬。過了十幾天後，劉嫂藉故辭工了。

薇薇丟失後，傷心的父母從來沒有放棄尋找她，他們的親戚、朋友、學生都幫助查找，化了無數的金錢與精力，始終沒有下落。

一晃二十多年過去了。

忽然有一天，嵐嵐回家時說起認了個乾姐姐，模樣、性情幾乎與她一模一樣，只不過是四川人。嵐嵐的父母聽了，心一動：莫非那就是薇薇？便計畫著要上省城來一趟，親自認一下，卻不料嵐嵐死於非命。

在嵐嵐的追悼會上，嵐嵐的父母第一眼看到于文靜時，不禁呆住了：這不是嵐嵐麼——真與嵐嵐相像，分不出彼此。心中便確認她就是丟失的那個薇薇。

在車站告別時，于文靜說因為嵐嵐沒了，讓他們把她當女兒，還留下了手機號碼。他們當然是願意的，更重要的是想真正找回丟失的女兒。

嵐嵐的父母回家後，經常與于文靜通電話，還有意無意地聊聊她四川老家的情況。不愧為是退休老師，他們居然神不知鬼不覺地問清了于文靜四川老家的地址，父母的姓名。還知道于文靜又懷了孕，快要生了。嵐嵐不幸身亡了，他們更急切地要找到那個失散已久的女兒薇薇。

半個月前，嵐嵐的父母起程趕往四川。果真，他們在川南的一個小鎮上，找到了于文靜說的那家雜貨店，遠遠地觀察了一會，看到了一個至今還很熟悉的身影——保姆劉嫂。她抱著于文靜四歲的女兒，正在守店。兩個老人熱血沸騰，在街邊角落抱頭痛哭了一番。

知識份子做事一向謹慎，他們商量了一會兒，覺得還是找派出所為妥。

派出所的值班民警聽完了兩個老人的哭訴後，進行了瞭解。查到這家雜貨店的男主人是姓于，于文海。而女主人叫萬寶珠，而不姓劉。嵐嵐的父親對民警說：「當年她為了騙走我們的孩子，完全可能改名換姓。」

民警一聽有道理，請示了領導之後，帶著他們來到了雜貨店。

雖然二十多年過去了，劉嫂——萬寶珠還是一眼認出了嵐嵐的父母。她癱坐在地上，歎道：「沒想到……你們還是……找來了……」

嵐嵐的母親忍不住又嚎啕大哭起來。二十多年骨肉分離，怎不教人心碎？

民警把萬寶珠帶到了派出所詢問。

原來，萬寶珠與丈夫于文海婚後一直沒有生育，一邊去外地打工一邊治療不孕不育的病，幾年過去了，沒有絲毫轉機。在浙江打工時，因治病無效，兩人心灰意冷。

有一次兩人無意中聊起，說向人販子買一個孩子，養兒防老。但是打工掙的錢很少，幾乎沒有餘錢。于文海對老婆說：「不如你去偷一個吧？」

萬寶珠嚇了一跳，說：「這事怎麼能幹？抓住了要坐牢的。」

于文海說：「你笨呀？化個假名，去做保姆，逮住機會把孩子偷出來逃回家鄉，神不知鬼不覺的，誰抓你呀？」

萬寶珠還是不敢。

過了幾個月，在於文海的不斷勸說下，萬寶珠終於鬆了口。有一次在菜場口看到嵐嵐父母找保姆的啟事，便改為劉嫂，前去應聘。嵐嵐的父母急需用人，看到劉嫂年紀恰當，又很乾淨俐落，沒有核對任何資訊，便把她招為了保姆。

萬寶珠畢竟是個尋常的農村婦女，偷走人家的孩子覺得於心不忍，于文海偷偷地找到她說：「這家人有兩個女兒，抱走一個沒有關係的，我們又不會虧待了孩子，是當心肝寶貝的。」萬寶珠想想也是，便尋找一切機會下手。

平時，嵐嵐的奶奶雖然摔壞了腿，但經常在家看管，萬寶珠是沒有機會偷走孩子的。那次她與嵐嵐的母親抱著兩個雙胞胎姐妹去拍周歲照，總算抓到了千載難逢的機會，她藉口說要買奶粉，把薇薇抱進了食品店。嵐嵐的母親因為與劉嫂相處二個月了，沒有疑她，很放心，顧自抱著嵐嵐回家。沒有想到，那于文海就在食品店裡等候，萬寶珠把孩子交給他後，他立即打的出城了，又是汽車又是火車，星夜兼程，趕回了老家。

十多天後，劉嫂也藉故辭了工回家。

後來在報警、尋找女兒的過程中，嵐嵐的父母雖然對劉嫂有所懷疑，因沒有證據，特別是連她的真實姓名、住址都不知道，故而作罷。

于文海與萬寶珠回家後，給薇薇取名于文靜，與人只說是在打工時候出生的孩子，在報戶口時，因為沒有出生證，說是丟失了，花了些錢打通關節，結果給辦了出來。

事情水落石出。嵐嵐的父母要抱走于文靜的女兒，派出所當然不允許，只是把拐騙孩子的于文海、萬寶珠先關押起來，並向于文靜發出了專函，要她趕回去，協助調查。還說要給于文靜與嵐嵐的父母做親子鑒定。

嵐嵐的父母便上了火車，來找于文靜。派出所的函件還在路上。他們先去了川菜館，于文靜與小郭都不在，夥計告訴他們，老闆娘在醫院裡生孩子。

小郭聽得呆呆的，一時轉不過彎來。

嵐嵐的母親催促道：「小郭，快帶我們去看文靜，還要去看小外甥……」

七

病床上的于文靜看到小郭帶了嵐嵐的父母進來，情不自禁地叫道：「爸、媽……」

非常自然，非常動情，如同面對自己的父母。

小郭覺得很奇怪。妻子與嵐嵐雖然是結拜姐妹，雖然在嵐嵐身亡後，文靜曾讓兩個老人把自己當做女兒──小郭認為那是她為了慰藉兩個老人，沒有想到，妻子對嵐嵐的父母叫得如此親切，沒有一點兒隔閡。

嵐嵐的父母趕緊上前，讓于文靜好好躺著，噓寒問暖一番，然後看著那剛出生的嬰兒，喜笑顏開。

由於于文靜昨晚剛生育，不能讓她太激動，所以進入病房前，嵐嵐的父母與小郭說好，文靜是他們的親生女這事要暫時保密。小郭覺得有道理，點頭答應。

小郭惦記川菜館裡的生意，正好嵐嵐的父母在，可以照顧于文靜，兩個老人心情很興奮，讓小郭放心去料理生意。

兩個老人因為確認于文靜就是他們失散了二十多年的女兒薇薇，所以對她細心呵護，無微不至。而于文靜對他們也是如同骨肉般親切。

小郭在川菜館果然收到了四川來的快遞，拆開一看，是派出所的公函，要求于文靜儘快趕到四川，協助調查。這才對兩個老人說的話信了。因為妻子還沒有出院，他把來信放在了收銀台的抽屜鎖好。

一周之後，于文靜出院了。小郭去辦了出院手續，在主刀醫師林大夫那兒，他忽然想起一個問題，掏出妻子的病歷卡，問道：「林大夫，這兒寫錯了吧？怎麼是第一胎？」

林大夫接過看了看，肯定地說道：「沒錯。」

小郭疑惑道：「這怎麼可能？」

護士來提醒林大夫，她又要去手術了，一邊走一邊說：「我們不會搞錯的。」

小郭充滿了狐疑。林大夫急著去手術室，不好再刨根問底，便帶著妻子、兒子，還有嵐嵐的父母出院回家了。

于文靜這麼多天沒有洗澡了，到了家就讓小郭準備好熱水。嵐嵐的父母聽到後，說不能洗澡，小心落下病。文靜便在衛生間用熱水擦浴身子，忘記把內衣內褲帶進去了，便喊小郭找出來遞給她。

小郭把內衣內褲給妻子時，下意識地看了一眼她的裸體，突然一驚，因為他看到妻子的下腹處只有一條新鮮的疤痕。他記得妻子四年前生女兒時，也是剖腹產，留下一條疤痕。妻子還老是說那疤痕真難看。

小郭回到客廳，看著嵐嵐的父母開心地圍著嬰兒，說說笑笑。他在沙發上仰躺下來，閉著眼睛想心事。越想越覺得驚心。

于文靜穿好衣服出來，看到小郭躺在沙發上，關切地問：「是不是累了？去睡一會吧。」

小郭睜開眼睛說：「沒事，隨便躺一會。」

因為于文靜還在月子中，嵐嵐的父母沒有說起認親的事，小郭當然也沒有說。于文靜還讓嵐嵐的父母多住些日子陪陪她，兩個老人很是樂意，幫助小郭伺候文靜。而那嬰兒，是越長越可愛。

轉眼一個月過去了。在這段時間裡，小郭細細觀察著妻子的言行舉止，還故意問一些家長里短的事兒，于文靜每次不是答非所問，就是搪塞過去。小郭已恐懼地證實了眼前這個人，不是妻子于文靜，而是嵐嵐。

這天晚上，嵐嵐的父母帶著嬰兒已在另一屋子裡睡著了，小郭再也忍不住了，聲音顫抖地對躺在床上的嵐嵐說：「究竟發生了什麼事？文靜呢？」

嵐嵐驚愕地看了看小郭，無語地閉上眼睛。

小郭用力地搖晃著嵐嵐的肩膀：「你說——你說啊，文靜呢……你……你為什麼要這樣做？……」

這時，小郭已清晰地確認了這樣一個事實：一年前那個已火化了的人，就是自己的妻子于文靜。他肝膽俱裂，痛哭了起來。而嵐嵐也蒙頭哭泣。

八

待到雙方平靜下來，已是夜深人靜。嵐嵐傷痛地看著小郭，哽咽著敘說了一年前那不堪回首的往事：

文靜姐生日那天，我確實是當作最後的晚餐。因為姚強這個小人把我傷害透了，我只想結束自己的生命來解脫。

文靜姐實際上看透了我的心，我喝了很多的酒，堅持要回宿舍，文靜姐放心不下，把我送到了宿舍。我竭力裝得很平靜，讓她早點回去休息，因為夜已很深了。

我倆在宿舍裡聊了好一會，看到我沒有異常表現，文靜姐就下樓回去了。

待文靜姐一走，我就上了樓頂，坐在樓頂上，對著幽藍的天空，我萬念俱灰地痛哭一場，然後發了一個短信給文靜姐：「姐姐，永別了！你是一個好姐姐，來生我還做你的妹妹。」

然後又給老師發了個短信，是關於學業上的事情，因為那時我正在做論文，就對老師說一下來不及做了。

我想，文靜姐是看到我短信後瘋一般趕來的，敲我的宿舍，沒有任何聲音。她打了我的手機，我沒有接，還在想心事。也許是文靜姐聽到了我的手機鈴聲是從樓頂上傳來的，她轉身衝上樓梯，趕到了樓頂。

這時，我的一條腿剛要跨出圍欄，在這一剎那間，文靜姐疾步衝過來，一把拉住了我。

文靜姐勸我不要為了一個負心人而做傻事，可我死心已決，趁她不備，我又要跳下樓去。文靜姐又死死地抱住我。

當時我的腦子糊塗得如同灌滿了漿糊，也不明白文靜姐怎麼會失足摔了下去，當我手一空時，很快就聽到了從水泥地上發出的沉悶的響聲。

我驚恐無比，渾身發涼。等到有點清醒後，衝到了樓下。文靜姐摔下來的地方，是一處僻靜的小巷。我撲過去一看，文靜姐躺在血泊中，已沒有了呼吸。我的心碎了，恨不得一頭撞死。

文靜姐是為了我而墜樓喪命的。既無法向你交待，又怕公安部門追查，那時我是跳進黃河也洗不清了。

因為我與文靜姐長得幾乎一模一樣，便心生一計，把我倆的包對換了一下，這樣我的證件就成了文靜姐的，別人就會以為是嵐嵐跳樓自盡了。臨走時，我用自己的手機報了警，然後把手機也對換了。也許是因為太緊張了，報警時沒有說清楚吧，員警沒有趕到出事地點，直到清晨文靜姐的屍體才被人發現。

我到川菜館三樓房間時，你因為喝多了，睡得很沉，我便洗了澡，還把裡外衣服都扔在洗衣機裡清洗了，然後冒充文靜姐悄悄地躺在你身邊睡下了。

那時我想，文靜姐既已身亡，我只能活下來，還有心事未了，況且要讓你的家庭完整如初。

嵐嵐說到這兒，停頓了一會，歎道：「事情的經過就是這樣……」

小郭一邊聽一邊流淚，他抱著頭泣道：「怎麼會這樣？文靜……文靜的命……太苦了……」

嵐嵐傷痛地說：「小郭，我的話沒有半句瞎說，你知道了真相，可以去報案。我這樣活著也沒有任何意義了，真的。」

小郭摔了門出去了。

晚上的街頭很熱鬧，小郭神情麻木地行走著，不知不覺來到了人民公園，在一張椅子上坐了下來，淚水還是止不住地流著，內心的傷痛讓他失了分寸。

小郭抬腕擦了一把淚水，突然看到面前跪著一個人，心中一驚，仔細一看，是與嵐嵐談過戀愛的姚強。今天他所遇到的一切災禍，都是這個負心漢引起的。小郭一腳踢過去，喝道：「你這個災星，跪在我面前幹什麼？滾開！」

面色萎靡的姚強哭喪著說：「大哥，求求你……讓文靜姐到嵐嵐的靈前求求情，讓嵐嵐……饒恕我的罪過吧！」

小郭臉一黑：「去你媽的，滾開……」

姚強抱著小郭的雙腿，哭道：「大哥……求求你了，嵐嵐……的鬼魂始終不放過我們……小霞已經精神崩潰了，在精神病院裡……我也……要死了……大哥，我找過你好多次，你就行行好吧……」

姚強訴說了這一年來發生的情況。小郭聽罷，站起身來，對姚強說了句「你是活該！」不顧他的哀求，顧自回家了。

九

小郭的心情很矛盾。他相信，嵐嵐不是蓄意謀殺妻子，但是妻子確實死得好無辜。他無法接受這樣的事實，他恨自己太粗心了，以至於嵐嵐輕易地騙過了他，同枕共眠，生下了兒子。而恩愛的妻子文靜卻已不明不白地死了一年多了。

這簡直是匪夷所思的奇異怪事呀！誰會相信一個丈夫居然會認不出枕邊的人？即使是孿生姐妹，也是有可以分辨之處。而自己偏偏被假像欺騙了，當然嵐嵐畢竟是高智商的人，善於偽裝隱藏。

更讓小郭無法想通的是，按照姚強的說法，這一年裡有一段時間，幾乎每個晚上都有嵐嵐的鬼影出沒在他眼前，報復他這個負心人。而小郭卻是無所察覺。

他在床上翻來覆去，一夜沒有睡好。

第二天早上，昏昏沉沉的小郭吃完早飯，嵐嵐的父母偷偷地對他說：「小郭啊，文靜也恢復得差不多了，要不我們就對她說了吧？」

文靜？文靜已死了一年多了，活著的這個人是嵐嵐。小郭心想，這事兒遲早要有個了結，便點了點頭。

嵐嵐的母親待嵐嵐從廚房裡出來，趕緊把她拉到身邊坐下，笑道：「文靜啊，你知道嗎？你是我的女兒。」

那嵐嵐跳了起來：「什麼？」

嵐嵐的母親拉著她的手說：「文靜，你小時候叫薇薇，你妹妹是嵐嵐，你倆是孿生姐妹……」她把一張發黃的照片遞了過來。

嵐嵐驚得目瞪口呆。

小郭對嵐嵐的母親說道：「她不是文靜，而是嵐嵐，一年前死去的才是文靜。」

兩個老人頓時驚訝得說不出話來。

突然，就在那一瞬間，嵐嵐爆發出撕心裂肺的大哭，兩個老人也跟著哭起來。

面對這樣慘痛的人間悲劇，小郭不禁又淚如雨下。

嵐嵐哭著哭著，忽然止住了哭泣，竟然大笑起來，笑聲不可遏制。

小郭迅疾衝上前抱著她，猛烈地搖晃著她，叫道：「嵐嵐……嵐嵐……」但見嵐嵐渾身顫抖，大笑不止。兩個老人驚慌地喊起來：「嵐嵐……嵐嵐……」

小郭抱起嵐嵐衝向醫院，醫生問清情況後，給嵐嵐打了一針鎮靜劑。

嵐嵐住了幾天院。小郭與嵐嵐的父母發現她始終是癡癡呆呆的。醫生說她因為強烈的刺激，患了精神障礙症。

畸形的情緣，曲曲折折造成了一連串的悲劇，真是教人唏嘘感歎！

復活記

暑假裡，幾個同學相約一起去浙西大峽谷旅遊漂流，一路要玩五天時間。雖然劉明的母親吳蕙霞不希望兒子去，可又不忍心讓兒子失望。丈夫劉森林說：「孩子都高二了，再說有這麼多同學在一起，不用擔心的。」聽了丈夫的話，吳蕙霞便勉強同意了。

吳蕙霞每天都要給兒子打一次手機，只要聽到兒子的聲音，她就踏實了。

到了第四天，吳蕙霞撥打兒子的手機，卻始終打不通，兒子似乎關機了。她既擔心又生氣，焦慮不安地後悔著讓兒子去漂流。越怕出什麼事兒，越會發生什麼事兒。傍晚時分，吳蕙霞接到了劉明的同學王曉輝的電話，說劉明下午在漂流時讓漩渦捲走了，當地政府全力尋找了一下午，卻始終沒有找到劉明的下落。

吳蕙霞還沒有聽完，就昏倒在地。

劉森林帶著妻子吳蕙霞趕到了浙西大峽谷，劉明的同學紛紛圍上來，敘說出事經過。吳蕙霞看到兒子的同學都安好無損，唯獨心愛的兒子不知所蹤，又急火攻心，抱頭大哭。

當地有關部門尋找了兩天，沒有找到劉明

的任何蹤跡，只好按失蹤人員登記在案了。劉明的父母得到了景區的一筆撫慰金，傷心欲碎地回了家。

兒子就這樣失蹤了，而不是確切的死訊，喪事當然也無法辦理。吳蕙霞每天以淚洗面，傷心度日。

有一天，是個星期天，吳蕙霞正在家中對著兒子的照片一邊落淚，一邊自言自語。劉明的同學王曉輝忽然來看望她了。王曉輝是兒子最要好的同學，吳蕙霞看到他格外親切，既高興又傷心，起身讓座泡茶，說：「曉輝，謝謝你來看我……」

王曉輝說：「阿姨您客氣了，我經常想來看您，又怕您看到我更傷心……可是今天……我不知道怎麼了，在家坐也不是，站也不是，非常非常想來看看您，所以就來了……阿姨別難過了……」

看到吳蕙霞又哭了，王曉輝的淚水也流了出來。

嘮了一會，王曉輝起身告辭。吳蕙霞把他送到門口，還叮囑他有時間多來看看她。

就在這時，吳蕙霞看到王曉輝身子忽然搖晃了一下，差點摔倒，她趕緊去扶他，只見王曉輝轉過身來，雙眼呆滯地盯著吳蕙霞，哽咽道：「媽……我想您……」

吳蕙霞嚇了一跳，吃驚地問：「曉輝……你怎麼了？」

卻見王曉輝流下淚來，喊道：「媽……我是您的兒子明明……」

吳蕙霞茫然地想道，真是兒子回來了嗎？這聲音真的好像。

「媽……我是明明……回來看您了……我好想您……我只有借曉輝的身子回來看您……」

王曉輝雙臂摟著吳蕙霞就哭開了。

吳蕙霞半信半疑。

「媽……那天我和同學們在竹筏上歡呼歌唱的時候，浪濤中突然伸出來一隻水怪的手，把我拉下了竹筏，奪走了我的生命。失去靈魂的我被沖進了大海裡，那些平時看起來好可愛的魚兒頓時變得那麼可惡，那麼恐怖……它們爭著吃我的肉，咬得我好疼……媽……我好怕……」

吳蕙霞悲從中來，摟住王曉輝哭道：「兒子，我可憐的兒子……」

「母子」倆哭訴了一會兒，王曉輝說：「媽……我不能待太久的，過幾天我再回來看您。媽，我想吃您做的紅燒肉，後天中午我再來。」

吳蕙霞一個勁兒地點頭道：「好，兒子，媽一定會給你做，等你回來吃……」

忽然，王曉輝的身體顫抖了一下，他急忙推開吳蕙霞，疑惑道：「阿姨，這是……」

吳蕙霞掩飾道：「沒……沒有什麼……曉輝，我把你當成是明明了。曉輝，你有時間就過來陪陪阿姨。」

「好的，阿姨您保重！我回家去了。」

王曉輝走後，吳蕙霞忍不住打了個電話給丈夫劉森林。劉森林聽了對她說：「是你想兒子想得錯覺了吧？人死如燈滅，哪來的靈魂附體？」

劉森林傍晚時分回到家來，吳蕙霞又叨咕了一遍，還說：「明明要吃我做的紅燒肉，說好了後天中午回來，到時候你自己看看就知道了。」

第三天，吳蕙霞起了個早，上菜場買魚買肉，經過一個上午的準備，她做了好幾個兒子平時愛吃的菜。劉森林不忍心打破妻子的錯覺，在一旁看著她開心地忙碌著，想要幫忙都插不上手。

果真，中午時分，王曉輝來了。他進了屋子，撓撓頭皮說：「叔叔，阿姨，不知道怎麼搞的，我在參加補習班，放了學我就身不由己來到您家了。哎，我得回去了，否則我媽該掛念了。」

吳蕙霞趕緊拉住他說：「你留在這兒吃飯，都已經做好了，待會我給你媽打電話說一聲。」

王曉輝說什麼也要回去，一轉身，他搖晃了一下，回過頭來，眼睛有些發直，看著劉森林、吳蕙霞，叫道：「爸、媽，我回來了……我好想你們……好想家……」

吳蕙霞聽到兒子的聲音，眼淚又流了下來。她拉著王曉輝的手，走到餐桌前坐下，讓丈夫趕緊打飯上來。

劉森林給王曉輝打了滿滿一碗飯，吳蕙霞把紅燒肉推到他面前，讓他多吃點。那王曉輝狼吞虎嚥，風捲殘雲一般。吳蕙霞忙說：「慢點吃，怎麼還與以前一樣？」

夫妻倆看著王曉輝吃飯，自己倒沒心情吃了。王曉輝吃了一會，抬起頭說：「爸、媽，你們怎麼不吃飯？」

劉森林點了一支煙，說道：「你先吃，吃吧。」稍後，又說：「你是明明，記得小時候記憶最深的事吧？」

「當然記得啦，爸爸。我五歲那年，被開水燙傷了雙腿，疼得哭了一夜，爸爸和媽媽也陪著我哭了一個晚上……」

聽了王曉輝的話，吳蕙霞哭出聲來：「我苦命的兒子呀……」

劉森林愣了一下，這確實是真事。難道真的是兒子借身還魂了嗎？

待到王曉輝吃完飯，突然打了個激靈，看到餐桌的碗筷，驚訝道：「叔叔，阿姨，我……在這兒吃過飯了？」

吳蕙霞抹了淚水，點頭道：「是呀，曉輝，以後你要常來，阿姨給你做好吃的飯菜。」

王曉輝趕緊揮揮手說：「不要啦阿姨，這怎麼好意思呢？我媽要怪我的。」

吳蕙霞說：「我會給你媽打電話的，讓她放心就是了。」

聊了一會，王曉輝說要到學校了，就起身告辭。

就這樣，王曉輝經常來到劉家，劉明的「靈魂」經常借用王曉輝的身體與父母團聚。

王曉輝的父母知道兒子經常去看望同學的父母，認為兒子去陪陪痛失愛子的劉家父母，是應該的。只是不知道劉明會借兒子之身還魂的事兒。

吳蕙霞每次看到王曉輝來家，十分親切。而半信半疑的劉森林為了讓妻子保留一份念想，對王曉輝也是很客氣的。

吳蕙霞經常給王曉輝買東西，如衣服、球鞋什麼的，甚至還給零用錢，出手大方。王曉輝總是推辭一番，吳蕙霞便眼淚汪汪了，說：「明明不在了，我們有再多的錢也沒用……我們就拿你當兒子了。」

鄰居看到吳蕙霞總是給王曉輝買這買那，便在背後歎息道：「真是可憐呀，把兒子的同學當作自己的兒子看待了……可憐天下父母心哪！」

轉眼已是臘月了，這天是劉明的生日。吳蕙霞早早地約好王曉輝，讓他晚上來，她要給兒子過生日。

王曉輝準時來了，剛坐一會兒，劉明的靈魂便附體了。吳蕙霞好開心，與劉森林一起陪著兒子吃了豐盛的生日晚餐。

然後，吳蕙霞收拾了桌子，捧出一隻蛋糕，插上七彩蠟燭，把電燈都給關了，三個人圍在一起，唱起了生日快樂歌。

就是這時，外面響起了敲門聲，還在叫喊著。吳蕙霞對丈夫說：「你去開門，我與兒子唱完了歌，吹了蠟燭，讓他們一起吃蛋糕。」

劉森林起身開了門，「爸爸！」只聽歡快的叫聲，劉森林驚訝地看到，站在門口的不就是自己的兒子劉明嗎？他身後還站著一個老頭。

「明明！」劉森林不禁興奮地大聲喊了起來，驚動了裡屋的人。

「爸爸，是我呀……」劉明撲在父親的懷裡，劉森林摟住兒子哭泣起來。吳蕙霞聞聲趕了過來，身後的王曉輝把電燈打開了，頓時一片亮堂。劉明看到母親，撲了過來，流淚喊道：「媽……」

吳蕙霞驚呆地摟著兒子，哭喊道：「明明呀……」

一家三口摟在一起，又喊又哭。

好久，才平靜下來。劉明拉住父母的手說：「爸、媽，快讓我的救命恩人楊伯伯進屋去……」

站在門口的楊伯伯憨笑著。這時，王曉輝上前來，擁抱了一下劉明，哽咽道：「劉明，你總算回來了。你爸媽正在給你過生日呢。」

大家一起到了餐廳，又驚又喜的吳蕙霞緊緊拉住兒子的手問道：「明明，媽像作夢一樣，這到底是怎麼回事？」

劉明看看父母，看看王曉輝，連道：「真是大難不死……」

原來，那天下午在漂流時，劉明不小心落水了，正好是個漩渦，他奮力掙扎，終於掙脫了漩渦，但是一點力氣也沒有了，任憑水流沖到了下游，人已昏迷了。在江邊一處山腳下，他被沖到了岸邊。正好楊伯伯下山去集市買東西回來，看到岸邊躺著一個人，急忙趕到江邊，摸摸劉明的身體還熱乎，就給他做人工呼吸，擠壓出他肚子裡的水。折騰了很久，劉明醒了過來。楊伯伯問他是哪裡人，他什麼都想不起來了，只是呆呆地搖搖頭。楊伯伯看到他頭上的腫塊，估計是撞上石塊了，而失去了記憶。楊伯伯便把他帶回家裡，因為老人家是一個孤寡老人，生活困難，沒有錢給劉明治病，就按照土方上山採了草藥煎了給劉明喝。

劉明知道這是個陌生的地方，就是想不起來家在何處，一邊幫楊伯伯做些農活，一邊堅持喝草藥。就這樣，經過了半年多的草藥治療，劉明終於慢慢有了記憶。就在前幾天，他突然想起了自己的家、父母、同學……，他迫不及待地要回去了。楊伯伯當然不放心，怕他萬一記錯了怎麼辦，便賣掉了唯一的一頭豬，七十多歲的他親自送劉明回家。

吳蕙霞、劉森林聽了，在老人面前跪下，動情地說道：「謝謝您救了我兒子。從今往後，明明是您孫子，我們是您的兒子媳婦。」

楊伯伯趕緊讓他們起來，木訥地笑道：「沒有弄錯就好啦，看到你們團聚了，我也放心啦。」

這時，王曉輝對劉明說：「劉明，大難不死，必有後福。那時我知道你媽媽因為失去了你，老是痛哭哀歎，精神很不好，我就過來看看她，還讓你的靈魂附了我的身體，讓她與你『聊天交流』，儘量開心一點。結果你媽信以為真，真把裝神弄鬼的我當成兒子了，給我做吃的、買穿的，還給我零用錢——不過，這錢我沒有用過，都攢起來了。」他轉身從書包裡掏出一遝錢來，交給劉明，笑道：「物歸原主。」

吳蕙霞過來按住王曉輝的手，說道：「孩子，你是明明真正的好朋友，這些錢是我的一點心意，好幾個月你來陪我們……哎，啥也不說了，你也是我兒子——乾兒子……」

劉森林也說：「是呀，曉輝，我們真的很感激你。今後我們是一家人，你與明明兄弟倆，都是我們的好孩子。」

劉明與王曉輝擁抱在一起。

吳蕙霞高興地喊道：「來，我們大家一起

給明明過生日啦！」

電燈關了，黑暗中，蛋糕上的蠟燭燃燒得熱烈而又明亮，歡快的歌聲響起來：「祝你生日快樂……」

噩夢

卡里要去澳大利亞簽一份重要的商業合約，淩晨起了床，臨出門時吻了一下妻子曼麗，然後蹲下身子在妻子隆起的腹部貼了貼，輕輕撫摸著妻子的腹部，溫柔地說：「寶貝，爸爸今天要去澳大利亞，後天才能回來，你要好好陪伴媽媽。」

卡里在澳大利亞順利地辦完了事兒，在返回途中，飛機失事了。

昏迷了一晝夜的卡里，似乎覺得有人在輕輕地搖晃他，記憶開始恢復了——飛機失事的那一刻……，儘管還想不起來整個過程，但是卡里已知道自己沒有死……想到這兒，他吃力地睜開眼睛，啊！一隻大猩猩在用兩隻手輕輕搖晃著他，看到他醒來，大猩猩似乎露出興奮的表情。

卡里充滿了恐懼，想要起來，然而渾身疼痛得無法動彈。大猩猩按著他的身子，不讓他動。這時候，又有兩隻大猩猩走了過來，牠們用樹葉盛了水，還有兩個紫綠色的野果。守候在卡里身邊的大猩猩把水餵給卡里喝，卡里確實很渴，順著樹葉折成的口子喝了點水。然後，那大猩猩咬開紫綠色的野果，嚼了一會，俯下身子，嘴對著卡里的嘴，意思是要把果汁餵給他吃。卡里感到很噁心，緊閉著嘴。大猩猩急了，強行掰開了他的嘴，卡里無可奈何地吞下了苦澀難咽的果汁。

渾身是傷的卡里整整七天躺在石板上。每天，大猩猩都要強行喂給他苦澀的果汁。過了七天之後，卡里奇蹟般地能坐起來了，可以自己嚼吃那堅硬的野果了，守候在旁的大猩猩很高興，在他面前翻起了跟斗。

卡里的身體漸漸痊癒，他與森林裡的大猩猩成了好朋友。

卡里日日夜夜期盼著救援人員來接他回去，可是，一天又一天、一月又一月、一年又一年，他都是在失望中度過。

卡里在這荒無人煙的原始森林裡，與大猩猩一起生活，忽忽已是十二年。然而，回家的念頭一直縈繞在心頭，他想念著妻子，想念著還沒有見過面的孩子。他堅持獨自說口語，用樹枝在泥土上寫字，怕自己遺忘了從前的一切。他無數次地嘗試走出原始森林，可是茫茫林海，沒有盡頭。

終於，有一天卡里見到了人類。那是三個探險隊員，當他們出現在卡里與大猩猩居住的山洞口時，卡里的心一陣狂跳，他趕緊跑了出去，向他們招手。那三個探險隊員被嚇了一跳，驚恐地看著他，並用槍向他瞄準。卡里知道自己已經面目全非，一副野人模樣，他著急地生硬地說道：「朋友……請不要害怕，我是卡里……十二年前飛機失事，我死裡逃生……」

那三個探險隊員聽了卡里結結巴巴的敘說，才知道了事情的原委，便收起了槍，還同意把卡里帶出森林。

卡里與幾隻朝夕相處十二年的大猩猩一一擁抱告別，戀戀不捨地離開了牠們，與三個探險隊員走出了森林。

然而，卡里沒有想到，走出森林是他噩夢的開始。

在一次用餐時，三個探險隊員給心無戒備的卡里吃了安眠藥，趁他睡去時，用一根細小的銀針別在了他的小舌頭上。卡里醒來後覺得喉嚨疼痛難忍，手腳也已經被鎖鏈鎖上了，他痛苦地看著面前的三個探險隊員。

其中一個探險隊員得意地指著另一個隊員，皮笑肉不笑地對卡里說：「卡里，實話和你說吧，我們是兄弟三人，這個凱爾是我哥哥，也是你妻子曼麗的現任丈夫，你的兒子把凱爾當作了自己的父親。你現在是野人了，曼麗與孩子都不會接受你了。真是冤家路窄，想當年你祖父吞併我祖父的公司時是多麼榮耀，沒有想到在我們手裡報了此仇。我們開了家動物園，這次以探險的名義，想找些動物回去。我們現在要把你當作野人帶回去，現在你是野人森姆了，哈哈哈……」

卡里傷心地閉上了眼睛。凱爾他們把卡里帶到了那座久別的城市。然而，一切的驚喜瞬間已化作噩夢。痛苦萬分的卡里拒絕流汁食物，凱爾便指使手下強行給他輸液。卡里求生不能，求死也不成，他憤怒地搖晃、撞擊著鐵籠，但無疑是徒勞的行為。

凱爾看到卡里這樣，生氣地說：「如果你再這樣胡鬧下去，別怪我不客氣！我們將弄瞎你的雙眼，讓你再也看不到這美麗的世界，而你——一個野人照樣可以為我們賺取很多很多的錢，直到你死去。」

卡里知道這樣的反抗是徒勞的，便祈禱上天來拯救他。他渴望著奇蹟的出現。

動物園有個野人森姆，消息很快傳遍了這個城市，每天有很多人買了門票來觀賞野人，鐵籠中的卡里卻是心都要碎了。

大約過了二、三個月吧，有一天下午，卡里看到一個三十多歲的少婦帶著一個背著畫夾的少年，來到鐵籠前。那少年看上去十二、三歲，他端詳了一會卡里，便支好畫夾，準備畫畫。

卡里覺得那少婦眼熟，腦海中電閃雷鳴：這不是妻子曼麗嗎？那麼這個少年就是自己的兒子了！

激動不已的卡里「呼」地撲在鐵籠上，猛烈地搖晃著鐵籠。少婦與少年有些害怕了，不禁向後倒退了幾步。

卡里平靜了一下心情，雖然他說不出話來，可還是用力地張合著嘴，然後抬起右手在空中做出要寫字的樣子，少婦與少年對他的動作很是疑惑不解。

還是那少年聰明，他試探地問道：「森姆，你是要畫畫嗎？」

卡里趕緊點了點頭。

少年回頭對那少婦說：「媽媽，森姆好像在與我們說話呢，他還要畫畫。我想把畫板給他，看看他畫的是什麼？」

少婦對卡里說：「森姆，你不要傷害我的兒子，只要你聽話，就讓你畫。」

卡里的淚水湧了上來，一個勁兒地點著頭。

少婦把兒子手裡的畫夾和素描筆，遞給了鐵籠中的卡里。卡里立即席地而坐，迅速地在畫紙上寫著。他心裡很明白，時間就是生命，如果讓凱爾及其手下看到，那他就沒有獲救的機會了。

很快，卡里把畫夾與筆交給了鐵籠外的少婦。卡里沒有認錯，她就是妻子曼麗。

曼麗看到畫夾上這樣寫著：「親愛的曼麗，我是卡里！那次飛機失事後，我被大猩猩救了。在原始森林裡，凱爾他們把我帶了出來，卻又害了我，把我的嗓子扎上了針，使我不能說話，這樣他們可以把我當成野人展覽掙錢。曼麗快救我出去，小心凱爾下毒手！親愛的曼麗……」

曼麗震驚不已，她扔下畫夾，看著卡里。滿頭長髮、渾身褐色的卡里，已沒有當初的模樣了，但是仔細看去，卡里的眼神依然是那樣的熟悉。

曼麗不禁痛哭起來，她伸出雙手抓住卡里的手說：「卡里……親愛的卡里，你……受苦了……，你看——這是你的兒子小貝……」

卡里激動得淚流滿面。

小貝依偎在母親身邊，他已看過畫夾上的字，有點一知半解，聽到媽媽對野人說的話，覺得很迷惑。

曼麗立即打電話報了警。不一會兒，警車與救護車呼嘯而來。動物園的夥計無可奈何地看著員警帶走了卡里。

員警在醫院的病床上，向卡里做了詢問筆錄，又查證了有關情況，批捕了凱爾三兄弟——他們將在鐵窗裡度過漫長的歲月。

經過醫生的治療，卡里小舌頭上的銀針被取了出來，又徹底地洗了澡，理去了長髮，面目煥然一新。由於他的身體十分虛弱，需要在醫院觀察治療。曼麗忙忙碌碌，照顧著卡里。只是小貝對這個「野人」父親還很生份，曼麗多次讓他叫「爸爸」，他總是躲避不叫。卡里用生硬的語音對曼麗說：「慢慢來，不要……勉強他。」

卡里與曼麗朝夕相處，嘮叨著分別後的所有往事，一個月後，卡里的語言功能明顯恢復，能夠嫻熟自如地與人對話了。

待到卡里的身體基本恢復健康，醫生同意出院了。

一個多月來，卡里與曼麗的感情已沒有一點兒生疏了，與小貝也有了良好的溝通。在出院那天，小貝對卡里說：「爸爸，我們回家吧。」

卡里幸福得一把抱起兒子，摟在懷中，又失聲哭泣起來。曼麗站在一旁，也淚濕衣衫。

卡里開始了新的生活，他重新熟悉公司的業務，很快融入了，顯得精明能幹。曼麗把公司的一切交還丈夫打理，自己則相夫教子。一家人又過上了幸福的生活。

午夜驚魂

李薇薇遠離家鄉濮院去美國求學工作已經八個年頭，這是她出去後第一次回家探親。薇薇在上海浦東國際機場下了飛機，已經是午夜十二點了，她原來計畫在上海住上一宿，然而盼歸心切的她，在機場打了一輛計程車連夜回家。

薇薇在飛機上漂洋過海，這麼久的行程，時差顛倒，讓她感覺很疲勞，上了計程車對司機說明了到達地點，就靠在後排的椅子上睡著了。

也不知睡了多久，忽然一個急剎車，車子劇烈地一震，睡夢中的薇薇身子往前一撞，安全帶緊緊地扣在了肉裡。她被驚醒了。原來是一輛摩托車橫穿公路，幸好計程車司機緊急剎車，沒有造成事故。

薇薇沒有了睡意。從車窗外望出去，燈火通明的道路兩旁，掠過一幢幢高樓大廈。這是什麼地方？薇薇有點不放心地問司機：「師傅，我是去桐鄉濮院。」

司機頭也不回駕車前行，打著上海口音說道：「阿拉曉得，這兒已經是濮院了。」

濮院？薇薇疑惑起來。這是自己的家鄉

嗎？為什麼這樣陌生？沒有一點兒家鄉的氣息。她不安地對司機說：「我從小就在濮院長大，對濮院非常熟悉。師傅你是不是走錯路了？」

計程車依然疾駛著，司機似乎有些惱火，回頭瞪了一眼薇薇，說道：「儂真是囉嗦，阿拉經常送客人到濮院的，哪能走錯？」

這司機一回頭，薇薇的心頓時提到了喉嚨口。只見那司機黝黑的臉上長了許多痘痘，板刷頭，濃眉下面是細長的三角眼，瞪眼的時候黑眼仁少白眼仁多，目光裡帶著幾分殺氣，厚厚的嘴唇邊上是一圈黑鬍子，怎麼看都不像是好人。薇薇開始後悔，當初怎麼就沒仔細看看這司機的模樣再上車呢？

薇薇有點害怕了。搶劫、劫色、兇殺等影視情節掠過心頭。她語氣緊張地說：「師傅，從上海到……濮院，按照時間算也該快到了……」

司機提高嗓子說：「阿拉不是對儂說過已到濮院境內了嗎？就要到儂老家了，還囉嗦個沒完，影響阿拉心情出了事故儂負責。」

薇薇不吱聲了。寬敞的馬路上沒有見到其他車輛，路上聳立的別墅群都已經和主人一起沉睡。這個陌生的地方，這個兇狠的司機，使薇薇感覺脊樑骨冒涼氣，她不敢想下去了。可是夜深人靜，此時有誰能夠幫助一個柔弱的小女子呀？焦急的薇薇忽然想到了員警，只有報警才是唯一的辦法。可是報警又不能明目張膽，否則讓這司機發現就慘了。李薇薇一邊思索一邊飛快地撥通了一一〇，還沒等對方說話，薇薇就急切地說：「喂舅舅，我是ＳＯＳ也。我是ＳＯＳ，舅舅……」

一一〇值班接警員聽到午夜女孩子急促的聲音就知道有不妙，當聽到ＳＯＳ的求救之後，就知道是怎麼一回事了，冷靜地問道：「舅舅知道了，你現在在什麼位置？」

薇薇焦急地說：「舅舅，我也不知道是在什麼地方，我在一輛黃色的計程車上。我看到公路右邊是什麼巴黎春天開發區……」

員警說：「你別著急，我們馬上就到。」

計程車司機見薇薇打電話的樣子有些滑稽，不屑地看了她一眼說了句：「漂亮的小姐就是不同，還沒到家就撒嬌，嘿嘿……」

薇薇故作鎮靜，不吭聲。汽車繼續行駛。大約過了兩分鐘，忽然有幾輛摩托車和警車出現，攔住了計程車。

薇薇沒有想到員警這麼神速地來了，懸著的一顆心終於放了下來。

計程車司機見有很多員警攔住了去路，有些莫名其妙。只見薇薇迫不及待地打開車門跳了下去，對著員警說道：「你們真是神兵天將，比美國員警的速度還快。」

一個員警嚴肅地問道：「發生了什麼事？」

薇薇驚魂未定地說：「我是剛從美國回鄉探親的，是到桐鄉濮院的紅曉村，可是這個司機卻把我拉到了這個莫名其妙的地方……」

就在同時，另一名員警來到計程車駕駛室前，對司機敬了一個禮：「請出示你的駕駛證。」

計程車司機一臉疑惑地下了車，把駕駛證給了員警。員警對司機查詢了一番，然後轉身問薇薇：「你是到濮院的紅曉村嗎？」薇薇點點頭。員警笑道：「你已經在紅曉村了。」

薇薇環顧四周，不相信似地問道：「這兒果真是濮院的紅曉村？我的家鄉，怎麼變成都市了？」

這時，那個員警哈哈一笑，問道：「難道你就是李薇薇？」

「你怎麼知道我的名字？」薇薇仔細看了看面前的員警，忽然拍手說道：「原來你……你是淘氣包呀？你看我都認不出你來了，哪裡還有淘氣包的樣子呀？都做上員警了，真好。」原來，薇薇與這個員警曾經是小學的同學。

被稱作淘氣包的員警有些不好意思地笑了，他對薇薇說：「你也沒有當年小辣椒的影子了，出落得如此美麗。要不是你說紅曉是你的家鄉，我還真不能想像就是你。咱們濮院現在是全國最大的羊毛衫集散中心，新農村建設日新月異。別說你已離開家鄉八年了，就是八個月，也有翻天覆地的變化呢。」

薇薇聽了笑顏逐開。看到不苟言笑的計程車司機站在一旁，便不好意思地說：「師傅，對不起。是我以小人之心度君子之腹，請原諒。這是車費，請收下。謝謝啦。」

計程車司機收了錢後，拿出兩百元還給薇薇說：「儂多給了兩百元。」

薇薇誠懇地說道：「這兩百元錢是我對您誤會的道歉費。」

「阿拉只拿自己應該拿的錢。祝儂在家鄉探親快樂！」計程車司機把錢塞回薇薇的手裡，調轉車頭，計程車很快消失在夜幕中。

燈火闌珊，鄉村寧靜，空氣中充滿了春天的氣息，很甜美、很溫馨。

遇見劉德華

今天是盧玲十八歲的生日，可在外地做生意的爸爸媽媽不能趕回來，只是打來電話祝福她生日快樂。盧玲一點兒也不快樂，直到天黑了，她還是一個人在街上漫無目的地閒逛著。

都市的霓虹燈色彩斑斕地閃爍著。盧玲漫不經心地走著，忽然被人撞了一下，便很惱火地嚷起來：「你——」話沒說完，定睛一看，她驚呆了——這不是帥哥明星劉德華嗎？只見氣質不凡的華哥微笑著說：「對不起！」盧玲揉了揉眼睛，不相信似地盯著對方：「你是華哥？哇，我太高興了。」華哥笑容可掬地說：「小妹妹好像有什麼心事？」

盧玲掩飾不住滿心的喜悅說：「今天是我的生日，可是爸爸媽媽都在外地，事先也沒約好同學，所以我很無聊。不過看到華哥，我真是太幸運了。」

華哥笑道：「今天是你的生日？真巧，我今天到這兒來，是祝賀一個朋友生日的，可是她出國了，讓我撲了個空。我就把這生日禮物送給你——祝你生日快樂！」盧玲這才看到他提著一盒蛋糕和一套衣服，她覺得不好意思無故接受別人的禮物。可華哥說了，一是為了剛才不小心撞了她而賠禮道歉，二是這禮物又不想重新帶回香港。盧玲這才接過禮物，興奮得一個勁地說謝謝！

華哥看著這繁華的都市，對盧玲說：「這個城市好美麗，我很喜歡。天這麼黑了，我送你回家吧。」

雖然盧玲所在的城市治安很好，可她好希望能夠與華哥在一起多待一會。於是就眉飛色舞地說：「好啊華哥，我們到家去吃生日蛋糕。」

華哥說：「我們一起走吧。我喜歡這樣寧靜悠閒的散步。唉！一天到晚老是忙碌在拍攝場，難得有這樣清閒的日子。」路過一家賓館時，華哥接過盧玲手裡的蛋糕盒，讓盧玲去賓館的衛生間換上他送的衣服。

盧玲臉紅心跳地跑進衛生間，打開包裝一看，哇，好漂亮的連衣裙！這條連衣裙她今天在商場看到過，標價是六百六十元，雖然很喜歡，可是她奶奶只給她兩百元錢，所以只好放棄了。而現在這連衣裙就在她的手裡，而且是華哥送給她的，穿上一看，非常合身，她對著鏡子欣賞一番，然後走出賓館。華哥看到後，驚喜地連連誇獎她青春靚麗，可愛極了。盧玲雖然有些不好意思，可還是如同掉進蜜罐裡一樣甜蜜極了。她好喜歡這個帥哥明星！

他們邊走邊聊，看到拐彎處一個燈光幽暗又十分安靜的胡同。華哥轉過身來問盧玲：「我喜歡在這種幽靜的地方走一走。這地方你來過嗎？離你家遠不遠？」我明明知道這樣走下去，離家越來越遠，可我為了與心中的偶像多待一會，就點著頭說：「出了這個胡同，就快到我家了。」

於是倆人就往胡同深處走去。盧玲撒嬌般地讓華哥給她唱歌，華哥便輕輕地唱了一首〈愛你一萬年〉，他唱得真好，渾厚而深情。盧玲開心地拍著手打著節拍，也跟著哼了起來。

突然，胡同裡的燈光全都熄滅了，盧玲害怕地拉住了華哥的手。藉著大街上投射過來的光影，盧玲看到竄出三個黑影攔在了胡同當中，她的心一下子提到了喉嚨口。她緊緊拉住華哥，顫抖著說：「華哥，有壞人……」華哥不驚不慌地拍了拍她的肩膀說：「小妹別怕！有華哥對付他們，你千萬不要動，也不要叫喊。」

這時，對面的一個黑影人兇狠地說道：「臭小子，識相的話，就把身上的錢拿出來，免得我們兄弟費事。」華哥冷笑著說：「要錢你們自己去賺，為什麼做這攔路搶劫、違法犯罪的事兒？」又有一個傢伙說：「小子，看來你是活膩煩了，你還不知道馬王爺三隻眼？不讓你嚐嚐厲害，你是不會乖乖地把錢交出來的。現在我們兄弟改變主意了，現在不只要錢，連這個漂亮的妞兒也要了。」只見對面的三個黑影亮出刀子、擺著打鬥的姿勢，盧玲深深為華哥擔心，他赤手空拳對付三個持刀歹徒，凶多吉少。於是她就拉住華哥說：「華哥，我口袋裡還有兩百元錢，就給他們吧，不然我們就難逃了。」

華哥神色嚴峻地說：「這樣的歹徒決不能縱容。小妹放心，我會對付他們的。」

三個歹徒持著刀子逼近過來。

憤怒的華哥飛身過去，與三個歹徒打鬥起來。

光線昏暗中，只聽得劈裡啪啦一片打鬥聲。頭暈眼花的盧玲焦急萬分。

就在這時，盧玲似乎看到有個歹徒被華哥打昏在地，可另外兩個歹徒的刀子刺中了華哥。盧玲看到華哥的身子搖晃了一下，立刻又穩住腳步繼續和歹徒格鬥。她嚇得哇哇大哭，高聲喊著救命！

一個歹徒聽到盧玲的喊叫聲，虛晃一下把刀子插在了華哥的前胸上，華哥頓時倒下了。

盧玲叫了聲「華哥」不顧一切地衝了上去。這時刺耳的警笛響起，歹徒驚慌地說了聲「員警來了，快跑……」，便棄刀而逃。盧玲哭著呼喚著血泊中的華哥。華哥睜開眼來虛弱地說：「快，快抓住那些歹徒！」說完就暈倒了。有幾個員警向逃跑的歹徒追去。還有兩個員警過來，迅速把華哥抬上警車送往醫院急救。盧玲要跟上車去，員警把她攔了下來。她一轉身看到員警正在抬起地上那個昏迷的歹徒，肺都氣炸了，是他們傷害了她的華哥！於是舉起華哥送給她的蛋糕，猛烈地向歹徒的頭砸去，一下、兩下，蛋糕盒破了，蛋糕砸了歹徒滿頭滿臉。員警嚴厲地制止了盧玲。

盧玲被帶到警察局錄完口供後，強烈要求去見華哥，她真擔心他的安危。員警嚴肅地說：「看你還哭鼻子呢。那麼大的人了，一點安全意識沒有。第一次見到人家，就好像見到熟人似的，半夜三更的也敢跟人家出去，多危險！」

盧玲被員警的話惹怒了，橫眉豎眼地說：「華哥有什麼不好的？我為什麼要防備他？懶得理你們，快告訴我華哥在哪個醫院？我要去看他。」

員警們你看看我，我看看你，然後哈哈大笑，盧玲氣憤地說：「你們不告訴我，我自己去找。」說著摔門出去，走出門就與一個人撞了個滿懷，剛要發火，卻聽到一個熟悉的聲音：「小妹妹幹嘛走得這麼急呀？」

盧玲一抬頭，原來是華哥！他又提著一盒蛋糕笑眯眯地站在盧玲眼前。盧玲驚呆了：「華哥……你、你沒……受傷？」華哥看到一臉詫異的盧玲笑道：「謝謝小妹妹，我們剛才是在拍電影。和我搭檔的那個女演員突然病了，我正在著急的時候遇到了你，於是就讓你幫助演這場戲，為了影片的真實性我沒有提前告訴你。而你表演得十分真實，導演也非常滿意。我可不是劉德華哦，而是演華哥的演員。這是我正式送給你的生日蛋糕，祝你生日快樂！」

盧玲這才明白，這個華哥、員警、歹徒都是演員，真是又驚又喜。這時，他們全都圍了過來，還有導演、攝影師什麼的，一齊圍在天真燦爛的盧玲身邊，〈生日快樂歌〉響亮地唱了起來……

舉報信的故事

濮縣反貪局局長李正然這天剛上班就接到一封舉報信，打開一看，呆住了，原來是有人舉報一手把自己提拔起來的老局長劉永清。老局長明年就要退休了，他怎麼可能受賄？可是舉報信寫得很明白，日期是三月十四日，數額為二十萬，還有一套座落於梅涇新區、價值三十萬元的房子。舉報信上還在老局長寫的七絕自勉詩後面加了文字。「我是池中蓮一片（爾是池中斂一片），層層濁水復纏纏（層層濁水灌滿腹），吾身自好經風雨（晚節不保折雙翼），誓把清純駐人間（可憐清純離人間）。」

是真是假？李正然忽然想起老局長曾經對他說過的「舉報就是命令」這句話，不由點了點頭：好吧，我就按你老局長的教導，把這件事查一查吧！老局長經常跟我們說：沒有理由不相信舉報人，但是也不能完全相信舉報，只有讓事實說話，無論涉及到誰，我們都要認真排查，一查到底。

李正然把舉報信鎖進了抽屜，然後走出辦

公室來到梅涇新區。他還是第一次來到這裡，這是一個新開發的住宅小區。他找到了舉報信上說的「梅涇新區568號」住宅。此時此刻，他真怕舉報信上說的是事實，懷著忐忑不安的心情按響了568號的門鈴。

開門的是局長夫人，一見是李正然，她有幾分詫異、又有幾分興奮地說：「小李，你怎麼知道我們搬到這裡了？我們昨天才搬進來，今天是哪陣風把你吹來了？」

病退在家的局長夫人看上去精神特別好，不像以往一副病懨懨的樣子。李正然的心好像被猛地挫了一刀一樣疼痛。既然房子主人是老局長，他覺得沒有必要進去了，就藉口有緊急公事要辦告辭了。

李正然心亂如麻地離開梅涇新區，回到辦公室，拿出舉報信放進公事包裡，再次走了出去。他沒有乘車，只是徒步向紀委走去，每一步都是那麼艱難和沉重。老局長明年就要退休了，為什麼廉潔一生卻晚節不保？他很不解，也很痛苦。

來到紀委，他沮喪地坐在了紀委王書記辦公桌對面的椅子上。

王書記似乎感覺到了什麼，問道：「小李，今天怎麼有時間到我這裡來？是不是出了什麼事？」

李正然打開公事包把舉報信遞過去說：「王書記，你先看看這個。」

王書記看過舉報信，沉默半晌，才說：「老劉怎麼可能受賄？我不相信，如果他能受賄，我們的幹部還有誰能是乾淨的？我實在無法相信這是事實。」

李正然說：「我開始也不相信……可是我剛剛按照上面的位址去核實過，劉局長確實已搬進了梅涇新區。王書記，我實在無法接受這個事實……」

王書記聽了李正然的話，歎息道：「哦，

這真沒有想到……我很痛心！既然這樣，你再去銀行查一下老劉的帳戶，到底有沒有這筆錢？」

當李正然再次來到王書記辦公室時，面色更加凝重，他沉重地說：「王書記，經過調查，劉局長愛人的帳戶上確實有這二十萬，而且這筆錢正如舉報信上說的那樣，是三月十四日劃進帳戶的。」

王書記沉思了一會兒，說道：「知人知面不知心，小李，你查辦此事吧，不過我想找劉永清談一次話，我很想聽聽他怎麼說？」

劉永清接到王書記的電話後，馬上趕了過來，看到李正然也在，便問道：「正然，你也在呀？」

李正然沒有回答劉局長，他站起身子，說：「王書記，你們談吧，我先回去了。」

王書記擺擺手說：「不。小李，你不用迴避，也留下來聽聽吧。」

談話進入了正題，王書記開門見山地說：「老劉，聽說你搬了新房子，怎麼也不說一聲就悄悄地搬了進去？」

聽了王書記的話，劉永清先是一愣，然後嘿嘿一笑說：「王書記不愧是幹紀檢的，消息就是靈，我昨天才搬進去，沒有告訴任何人。」

王書記不由歎了口氣，說：「唉……老劉啊，我真為你痛心和可惜！」

劉永清有些納悶地說：「王書記何出此言？我劉永清是什麼樣的人，難道你還不清楚嗎？我一向廉潔奉公，從來沒有做過對不起黨和人民的事。」

「老劉，你買房子花了多少錢？就憑你的工資買得起麼，再說你愛人病退在家，那點退休工資，除去了你愛人買藥的錢，剩下的還有多少？你沒有其他經濟來源，那房子說明了什麼？難道還用我說嗎？你是老紀檢幹部了。」

聽了王書記的話，劉永清彷彿一下子醒悟過來，他哈哈大笑說：「王王書記說得沒錯，我的工資收入去了開銷，確實買不起新房子，不過王書記請放心，我沒拿一分不乾淨的錢。我買房子的錢，是半年前，我帶愛人去省城看病時走過彩票銷售點時，愛人花了六元錢買了彩票，當時我還取笑她異想天開，做白日夢。沒想到的是，她買的彩票竟然中了大獎，除去所得稅還剩一筆鉅款。領獎時我們要求開兩張支票，我們夫妻一人一張，我的那份買了房子。」

王書記與李正然對視了一眼，又沈著地問：「那麼三月十四日你愛人帳戶上的那筆二十萬又是怎麼回事？」

劉永清說：「王書記，我愛人的那筆錢取出來付裝修費，剩下的錢湊了個整數二十萬元，就存在建行了。你要不信，去省城彩票中心查一下，那兒有我愛人的資料。」

聽了劉永清的話，王書記和李正然不由同時舒出了一口氣。王書記朗朗笑道：「好你個老劉，一個人吃獨食，今天你要請我和小李喝上幾口，讓你老劉出點血。」

劉永清呵呵一笑：「要喝酒上我家去，女婿春節裡送來的孝敬酒還沒有開過封呢。」

李正然心情舒暢地說：「好啊，我們一起去給劉局長祝賀喬遷之喜！」

新來的清潔女工

今天開發區衛辦來了一名清潔女工，名字叫江春霞，四十多歲，模樣長得很普通，可是透露出來的氣質卻不一般。

江春霞被分配到開發區的商業街，負責清潔衛生工作。衛辦主任特別關照說：「江春霞，你負責那段路的衛生工作，要學會忍讓與包容，尤其是婭瑪服裝店，店主是副鎮長的愛人，她很有個性，儘量不要和她計較……」

因為是外鎮人，單位安排老工人胡伯帶江春霞去上崗。在路上，胡伯千叮嚀萬囑咐：「小江，你一定要小心那婭瑪服裝店的老闆娘，她簡直是母老虎，拿我們這些環衛工不當人，多少人寧可不要這份工作也不去那裡搞衛生。」

江春霞非常感動地說：「謝謝胡伯，我知道該怎麼做了。」

江春霞對工作十分認真，每天把自己負責的那商業街打掃得乾乾淨淨。在收工下班前，江春霞照例要檢查一遍自己的包乾區。

在一個垃圾箱邊的地上，胡亂扔著些速食

盒和酸奶盒子，江春霞看到後，彎下腰撿起這些垃圾扔到垃圾箱裡。就在江春霞轉身要走的時候，「嗖」地有東西飛過來，江春霞一扭身躲了過去。「吧嗒」一聲，飛舞的香蕉皮落在了垃圾箱邊上。

江春霞向路邊看去，只見一妖冶女人站在婭瑪服裝店門口，正在吃香蕉。江春霞沒有說什麼，撿起香蕉皮扔進垃圾桶，就在她剛直起腰時，又一塊飛舞的香蕉皮在她身邊落地。

「哈哈，太巧了，兩次都是有驚無險。」

「老闆娘的手真準！」

有兩個店員圍著妖冶女人獻媚嬉笑著。江春霞漲紅了臉，怒視著她們。

那妖冶女人手裡的衛生紙在半空中停留了一下，狠狠地砸向江春霞，嘴裡還罵著：「臭掃大街的有什麼了不起，還敢和老娘瞪眼，老娘不就是扔個香蕉皮嗎？犯得著你向老娘瞪眼？大街如果乾淨了，還要你們這些臭掃大街的幹嘛，你當這是養老的地方？」

江春霞忍無可忍地回敬道：「掃大街怎麼了？勞動沒有等級貴賤，有錢不等於就高尚。做人要學會懂得尊重別人！」

「唷，你還要別人尊重？一個臭掃大街的，是最最下等的人，你以為你是什麼？與討飯的有什麼區別，尊重你這樣的人，真是笑死人了。」

「你有什麼了不起的，不就是個副鎮長的老婆嗎？你當自己是皇后了？」江春霞氣憤地說：「我們掃大街的就是比你這種人高尚，起碼我們懂得尊重別人，我們把自己當人看，不把自己當附屬品，更不把自己當老虎。」

「你個臭婊子，敢罵老娘，我看你是想找個地方待了。」

「我沒有違法，你能把我送哪去？你也是一個女人，我要是當婊子就不會掃大街了，會和你一樣了。」

「好，好，老娘不和你罵街玩，你別逃，你等著。」

「我沒做錯什麼，我逃什麼？我看你能把我怎麼樣？」

那女人氣得發抖，她把頭一揚，店裡衝出兩個服務員，拉起江春霞就往服裝店裡拖。

那妖冶女人不知什麼時候手裡拿著一件高檔衣服，衝到江春霞面前罵道：「你這個不要臉的，竟然敢偷我們店裡的衣服，你配穿這麼高檔的衣服嗎……」

聽說抓到了小偷，圍觀的人越來越多，大家一起責罵著江春霞，有的人甚至還動手打人。

不管江春霞怎麼辯解，人們沒有相信她的話。

這時胡伯擠進人群，對妖冶女人說：「老闆娘，她不會偷衣服的，您是不是看錯了，或者是誤會了？」

「你這個老東西，你以為你是誰，你們都是一夥的，她沒偷是你偷的？再亂說，連你一起進去。」

正吵罵著，呼嘯的警車來了，跳下來兩個小員警，分開人群說：「看什麼看，抓個小偷又什麼好看的，該幹啥幹啥去。」

員警不由分說地給江春霞戴上了手銬，推著她上警車。

江春霞怒不可遏地質問道：「誰說我是小偷？你們不問青紅皂白給我安罪名戴手銬，這手銬是隨便戴的？我不是犯人，你們這是侵犯我的人權，我要告你們。」

「你這個小偷嘴還這麼硬……」一個員警踹了江春霞一腳，然後進服裝店裡去了。江春霞好險被踹倒，另一個員警把她扶住了，向警車走去，一邊走一邊小聲說：「你就別再硬了，老闆娘是我們科長的姐姐，你再頂撞下去，只能是自討苦吃。你服個軟，陪個禮，明天就可以出去了。你可千萬別亂說，我是看你可憐才告訴你的。」

就在這時，突然一輛計程車停在了警車前面，車還沒停穩，衛辦主任跳下車吼道：「你們憑什麼抓人，趕緊把人放了！」

剛從服裝店裡走出來的員警嘿嘿地笑了一聲說：「你馬主任什麼時候升的官？竟然敢妨礙我們執法！」

計程車上跳下一個二十多歲的女孩，她跑到這個員警面前，甩了他一巴掌，只聽她厲聲道：「你們簡直是無法無天，你們是人民的員警，還是那女人的打手？」

挨了一巴掌的員警惱羞成怒，正要動粗，衛辦主任擋在他面前，正色道：「趙科長，我沒有升官，但是我要求你把市長夫人的手銬立即打開！」

什麼？市長夫人？在場的人都驚訝地張了嘴巴。

江春霞嘴角流著血，氣憤得臉色蒼白，對那員警說：「誰說清衛工人是下等？誰說市長夫人不能掃大街？誰說工作有貴賤之分？難道市長夫人應該向副鎮長夫人學習，欺壓百姓嗎？要不是我的侄女提前一天到來，如果我不是市長夫人，我今天就會被抓進派出所。人民給了你們權利，你們卻濫用職權。」

這時，衛辦主任激動地對圍觀的人說：「我也是剛聽市長夫人的侄女說，江春霞主動配合單位，提前退休，為應屆畢業生的就業創造條件，因為她與市長資助了兩名貧困地區的大學生，開支很大，所以她又找了這份清潔工作。」

圍觀的人群，對著江春霞爆發出了如潮的掌聲。

鐵面警官

運河鎮派出所接到報案，永樂村口一輛人力三輪車被撞在路邊，三輪車夫被送進醫院昏迷不醒。

經過調查，肇事車輛為一輛摩托車，據目擊者李長河說他沒有看清肇事者的模樣，甚至沒注意到是什麼顏色的車。當時是聽見摩托車喇叭按個不停，覺得奇怪就抬眼看了一下，停在路口等生意的三輪車夫回頭看了看沒有動，照樣把車橫在路口佔了大半個道路。摩托車手好像是個生手，剎不住快速行駛的摩托車，撞在了三輪車的尾部，毫無防備的三輪車夫連人帶車被撞了出去，摩托車因為倒在三輪車上而沒摔倒，摩托車手下車看了一眼昏迷的三輪車夫，就駕駛著摩托車離開了現場。

這個見義勇為的目擊者李長河看到三輪車夫傷得不輕，趴在那兒一動也不動，正好這時有輛三輪電瓶車路過，就把傷者送進醫院就報案了。

連續兩天，傷者還是處在昏迷中，肇事者逃逸，這些都令派出所所長李建國寢食難安。

見義勇為者李長河拒絕媒體報導，竟然請假躲在了鄉下妹妹家，這事有些蹊蹺，不接受採訪也不至於請假逃避。李建國所長覺得這次肇事逃逸事故沒有那麼簡單，於是他決定親自調查此事。

李建國所長找到那天帶傷者去醫院的三輪電瓶車車夫，通過談話後，他似乎感覺到了什麼，於是立即打電話到所裡，命令把目擊人也就是見義勇為者李長河帶到所裡接受調查。

這個見義勇為者李長河是李建國所長妻子的哥哥，他被帶到了派出所後，提出要單獨見李所長，遭到拒絕。李長河在審訊室裡極不配合，並且說：「如果李所長不見我，你們就別費事了，我什麼都不會說。」

李建國所長不能再迴避了，他一進門來，李長河就說：「建國，我要單獨和你談談！」

李所長黑了臉說：「我是所長，現在我在審理案子，不是拉家常。」

李長河生氣地說：「好、好、好！李所長，李大所長，我現在保持沉默，我看你李大所長還能逼供不成。」

「我不逼你，但是我希望你配合我們破案。否則，法律是無情的。」

時間在一分一秒地過去，僵持了大概有半個小時，員警小趙開門進來在李所長的耳邊嘀咕了幾句。李所長狠狠地瞪了李長河一眼，然後就匆匆走出審訊室。

岳母怒氣衝衝，老淚縱橫地坐在所長辦公室。李所長一看，立馬退了出來，對小趙發火說：「我不是讓你不要驚動老太太嗎？你怎麼……」

小趙有些委屈地說：「我們去的時候老太太已經知道消息了，要不是小飛執意要跟我們來要把事情說清楚，這事還真難辦了，不過小飛還一個勁地說自己是被冤枉的。」

小飛就是李所長的兒子，有肇事的嫌疑。

聽了小趙的話，李所長打通了妻子的手機，讓妻子無論如何把老太太弄回去，妻子在電話裡罵他：「沒有人情味，別人當官，親戚朋友都能沾點光兒，你是掌權不如不掌權。」可是罵歸罵，知夫莫若妻，妻子還是趕到派出所，想盡辦法說服母親離開了派出所。

小趙在辦公室接了個電話後，對所長說：「李所長，撞人的確實不是小飛。」

李所長一聽生氣地說：「小趙，你怎麼也來說情？不是他肇事，他為什麼要逃逸？」

小趙說：「所長，人的確不是小飛撞的，剛才交警隊來電話了，真正的肇事者已經自首了。」

事情原來是這樣的：小飛廠裡的助劑出了質量問題，使用小飛廠裡助劑的印染廠打電話來讓小飛過去，小飛開著摩托車急忙趕去廠裡，不小心撞在前面急剎車的桑塔那車，連人帶車倒在了路邊的樹上，胳膊被撞傷，還把人家的轎車刮掉一片漆，受了輕傷的小飛為了趕時間主動賠了一千元錢，繼續趕路，沒想到在路口時看見有人被撞倒在血泊中就下車救人，正在這時舅舅李長河路過，小飛讓李長河幫助打電話報案，並把傷者送往醫院。李長河還以為是小飛撞的人，於是就幫助隱瞞實情。而小飛到廠裡處理完產品質量問題後，乘車趕往百公里外的印染廠了，剛出差回來，員警小趙就到了家裡。

而真正的肇事者，卻是交警隊長的未婚妻秋紅，她把人撞倒後，見傷者倒地不動，就騎摩托車逃離了現場。與未婚夫約會後，她在家躲了兩天，覺得度日如年，正考慮自首時，未婚夫打來電話，說交警隊接到匿名電話：這是一個目擊者，他說出事當天，他們夫妻正向三輪車招手要乘車，結果三輪車被摩托車撞到，事故發生後他被妻子拖離了現場，後來聽說小飛被當成肇事者，於是打電話澄清此事，他說肇事的摩托車手是位穿綠色連衣裙的女青年。綠色連衣裙？交警隊長一下子想到了未婚妻秋紅，因為那一天他倆約會時，秋紅正是穿綠色連衣裙的，而且摩托車上有刮擦的痕跡。於是他立即打電話給秋紅，秋紅哭著承認了。

就在秋紅投案自首的下午，三輪車夫醒了過來，他懊悔莫及的一番話，大出大家的意料，他說：「是我違反了交通規則，那天我正在行駛時看見路邊有人招呼要乘車，於是來了個急轉彎，跟在後面的摩托車緊急剎車來不及了，就撞了上來。在翻車的一剎那，我想我完了……真是血的教訓啊！」

釀文學80　PG0737

不同的命運

作　　者　陳　瀅
主　　編　蔡登山
責任編輯　林泰宏
圖文排版　楊尚蓁
封面設計　王嵩賀

出版策劃　釀出版
製作發行　秀威資訊科技股份有限公司
114 台北市內湖區瑞光路76巷65號1樓
電話：+886-2-2796-3638　傳真：+886-2-2796-1377
服務信箱：service@showwe.com.tw
http://www.showwe.com.tw
郵政劃撥　19563868　戶名：秀威資訊科技股份有限公司
展售門市　國家書店【松江門市】
104 台北市中山區松江路209號1樓
電話：+886-2-2518-0207　傳真：+886-2-2518-0778
網路訂購　秀威網路書店：http://www.bodbooks.com.tw
國家網路書店：http://www.govbooks.com.tw
法律顧問　毛國樑　律師
總 經 銷　聯合發行股份有限公司
231新北市新店區寶橋路235巷6弄6號4F
電話：+886-2-2917-8022　傳真：+886-2-2915-6275

出版日期　2012年4月　BOD一版
定　　價　300元

Printed in Taiwan

國家圖書館出版品預行編目

不同的命運 / 陳瀅著. -- 一版. -- 臺北市：釀出版,
2012.04
面； 公分. --（釀文學；PG0737）
BOD版
ISBN 978-986-5976-09-5（平裝）

857.63 101003841

讀者回函卡

感謝您購買本書，為提升服務品質，請填妥以下資料，將讀者回函卡直接寄回或傳真本公司，收到您的寶貴意見後，我們會收藏記錄及檢討，謝謝！

如您需要了解本公司最新出版書目、購書優惠或企劃活動，歡迎您上網查詢或下載相關資料：http:// www.showwe.com.tw

您購買的書名：________________________________

出生日期：________年________月________日

學歷：□高中（含）以下　□大專　□研究所（含）以上

職業：□製造業　□金融業　□資訊業　□軍警　□傳播業　□自由業

□服務業　□公務員　□教職　□學生　□家管　□其它_____

購書地點：□網路書店　□實體書店　□書展　□郵購　□贈閱　□其他

您從何得知本書的消息？

□網路書店　□實體書店　□網路搜尋　□電子報　□書訊　□雜誌

□傳播媒體　□親友推薦　□網站推薦　□部落格　□其他__________

您對本書的評價：（請填代號　1.非常滿意　2.滿意　3.尚可　4.再改進）

封面設計____　版面編排____　內容____　文／譯筆____　價格____

讀完書後您覺得：

□很有收穫　□有收穫　□收穫不多　□沒收穫

對我們的建議：________________________________

____

____

____

請貼
郵票

11466
台北市內湖區瑞光路 76 巷 65 號 1 樓

秀威資訊科技股份有限公司 收

BOD 數位出版事業部

(請沿線對折寄回，謝謝！)

姓　　名：＿＿＿＿＿＿＿＿＿　年齡：＿＿＿＿　性別：□女　□男

郵遞區號：□□□□□

地　　址：＿＿＿＿＿＿＿＿＿＿＿＿＿＿＿＿＿＿＿＿＿＿＿＿

聯絡電話：(日)＿＿＿＿＿＿＿＿＿＿＿＿(夜)＿＿＿＿＿＿＿＿＿＿＿

E-mail：＿＿＿＿＿＿＿＿＿＿＿＿＿＿＿＿＿＿＿＿＿＿＿＿＿